LOYOLA'S BLUES

Erik Orsenna est né en 1947. Professeur d'économie jusqu'en 1981, il entre au cabinet de Jean-Pierre Cot, alors ministère de la Coopération, puis devient conseiller culturel du président François Mitterrand pendant trois ans. Entré au Conseil d'État en 1985, il est conseiller d'État depuis 2000. Il préside le Centre de la mer (La Corderie Royale, Rochefort). Parallèlement, il a publié plusieurs romans dont *La Vie comme à Lausanne* (prix Roger-Nimier en 1978), *L'Exposition coloniale* (prix Goncourt en 1988) et plus récemment *Portrait du Gulf-Stream : éloge des courants* (2005) et *Voyage au pays du coton* (2006). Il a été élu à l'Académie française en 1998.

Erik Orsenna

LOYOLA'S BLUES

ROMAN

Éditions du Seuil

TEXTE INTÉGRAL

ISBN 978-2-02-033419-8
(ISBN 2-02-001244-8, édition brochée
ISBN 2-02-010582-9, 1re publication poche)

Pour Jean-François
et
pour Bernard

I

A présent laissez-moi, je vais seul.
Je sortirai, car j'ai affaire : un insecte m'attend pour traiter.

Eloges XVIII.

Sur le quai de la gare, je parlais avec mon père. Pour la première fois d'autre chose que de la pluie, du beau temps, des humeurs de son épouse, ma mère.

– Vous savez, Sébastien,

il s'interrompait constamment, il vérifiait l'heure, ses doigts pianotaient sur la table, il appelait le garçon. Le chocolat était correct, mais les croissants, les croissants croquaient sous la dent.

– Eh oui, monsieur, nous sommes au courant, vous n'êtes pas le premier à vous plaindre mais depuis 36, que voulez-vous, les boulangers prennent des vacances. Notre fournisseur, lui, s'en est allé vers Royan. Et son remplaçant, comme vous voyez...

Mon train allait bientôt partir. Charles ne se décidait pas. Je lui caressais doucement la main. Le priais de tout m'avouer. Sans crainte. Je saurai comprendre. Dès les premières années de ma vie, j'avais appris l'indulgence. Quelques vieilles dames s'émerveillaient de ces tendres échanges, entre père et fils, sur un quai de gare, dans la lumière hésitante du mois de mars.

– Vous savez, Sébastien, il ne m'est plus possible de garder la voiture.

– Mais vous m'aviez promis...

– Sébastien, les choses ont changé, nous ne

sommes plus riches. La crise a durement ébranlé des affaires que j'avais d'ailleurs un peu trop délaissées. De plus ma décision est enfin prise. Je divorce d'avec votre mère. Vous la connaissez. Vous savez ses goûts, les confitures de fruits rares, les plumes d'autruche, les pâtisseries d'Autriche... Vous devinez aisément l'énorme pension qu'elle me réclame. Bref, je vends la Sédanca.

Sous le choc, je titubai. Je me sentais dépouillé de ma première demeure. Il me semblait ne plus avoir de nom, ni de poids sur la terre. De légers courants d'air traversaient l'esplanade où nous devisions, mon père et moi. Je me livrais à leur fantaisie. Ils m'emporteraient sans effort. Le train 516, je me souviens encore de l'annonce, le train 516 ne partirait pas. Devant les panneaux, la rumeur montait. Des consommateurs, près de notre table, se demandaient si tout cela ne finirait pas en émeute. Les Français n'aiment pas, disaient-ils, que l'on se moque d'eux. Et d'appartenir à ce peuple ombrageux me consolait un peu.

– Vous avez déjà trouvé un acheteur ?

– Oui, un jeune diplomate. Enfin : jeune comparé à moi. Un homme tout à fait charmant. Et très important m'a-t-on dit. Il accepte mes conditions. Aux yeux du monde, la voiture m'appartient toujours, mais je suis assez bon pour la lui prêter. Voilà. Les apparences sont sauvegardées. Alexis Léger a très bien compris.

– Et mes livres, mes notes d'exil, mes traductions de Pindare, mes collections d'insectes, mes poèmes de pluies, de vents, d'amers, mes suppliques à l'Etrangère... ?

– Vous pourrez lui demander plus tard ; ça m'étonnerait qu'il ne vous les rende. Il n'est pas homme à escroquerie littéraire. Il est vraiment très civil. Et puis d'ailleurs, il n'écrit plus depuis de longues années.

Ecoutez, Sébastien, mon fils, vous êtes grand maintenant, vous devez comprendre, nous sommes ruinés. Ne comptez plus que sur vous-même. Vous voyez ce jeune abbé, près de la voie 12 ? C'est votre Accompagnateur. Vous le retrouverez un peu plus tard. Nous avons encore le temps et je préfère ne pas le connaître.

Il m'étonnait que mon père devînt jaloux, pour des motifs aussi futiles.

– Non, Sébastien, vous vous trompez, jaloux n'est pas le mot exact. Il s'agirait plutôt de honte. Je n'aime pas ce rôle d'entremetteur. J'aurais préféré que vous choisissiez vous-même, qu'une passion vous habite assez pour vous pousser à la fugue. Mais n'en parlons plus. Je suis injuste. Je souhaite pour vous ce que je n'ai jamais osé rêver.

Parlons de vous, si vous voulez bien.

Le collège où vous allez, peut-être vous semblera-t-il curieux, bizarre, extravagant. Peut-être n'aimerez-vous pas vos maîtres. Mais ils vous conduiront au sommet des honneurs, pour peu que vous leur soyez docile.

Et n'en veuillez pas trop à vos parents de la folle jeunesse qu'ils vous ont fait mener. Votre mère avait des exigences que ma constitution fragile ne pouvait satisfaire. Pardonnez-lui, Sébastien, elle n'a pas osé venir, elle redoutait de ne point supporter cette émotion.

Pensez à nous, certains jours, comme à deux adolescents, conservez pour plus tard vos reproches, s'ils résistent à la vie, comme elle est dure et violente, parfois, vous verrez.

Marcherons-nous ensemble jusqu'à la voiture ?

J'embrassai mon père.

J'aurais pu m'épargner cet élan du cœur : les vieilles Anglaises ne nous regardaient plus. Deux régiments s'avançaient sur le quai de la gare, pour aller rejoindre la Maginot. Et de guerre en guerre, on adaptait les chansons, La Maginot, La Madelon, le même nombre de pieds, c'était facile. Mais vingt ans de paix n'avaient rien arrangé, les pioupious français chantaient toujours aussi faux.

Lentement j'avais raccompagné Charles vers la limousine blanche et grise. Nous parlions de Carthage, de Flaubert, de la tristesse particulière des écrivains architectes, pourquoi pierre à pierre une ville, maintenant détruite, pourquoi s'acharner à la rebâtir au bord de la mer... ? Il s'étonnait de mes remarques, ses lectures m'intriguaient, l'amitié semblait possible. Nous aurions pu passer ensemble ces vacances qui approchaient.

Je refermai la portière.

Tout le monde, dans la grand-cour, le regarda s'éloigner. La Rolls n'avait jamais été si belle. Des jeunes filles me souriaient. Je m'en voulais de les abuser ainsi. Il aurait fallu courir vers elles, leur murmurer à l'oreille que ce n'était pas la peine, vraiment pas la peine, tous ces charmes. La voiture ne nous appartenait plus. Et mes manuscrits avaient disparu. Les pochettes arrière étaient vides. Je venais de le vérifier.

Je retournai vers les quais en sifflotant de saines résolutions, sur un air de Verdi,

piangi, piangi,
toujours les nostalgies
me resteront étrangères magies.

Au zinc on refusa de me servir. Il paraissait que j'étais trop jeune, je pouvais attirer des ennuis, si un agent se promène par là, vous comprenez...

Un cheminot intercéda en ma faveur. Et je commandai le cœur battant ma première tournée générale. L'assistance applaudit. Je causai ainsi quelque temps avec ces braves gens, mon Pernod à la main. Ils me demandèrent ce que je faisais dans l'existence. Cette question me sembla louche, tout à fait le genre de question que posent les syndicalistes, comme disait mon père, le soir, à table, lorsque avec ma mère il débrouillait d'interminables écheveaux politiques.

Je décidai de rester dans le vague pour ne trahir encore aucun secret.

– En tout cas, une chose est sûre : je n'imiterai pas ce qui me fut, dès l'enfance, dérobé. Ce Sieur Alexis peut écrire en paix, maintenant que je lui ai donné le ton. Je lui lègue ma fauconnerie et mes terres de main morte et, s'il le désire, tout mon bric-à-brac pélagique. Je ne le copierai pas. Il serait stupide de se parodier soi-même, n'est-ce pas ?

Ils hochèrent la tête avec bienveillance.

– Il n'y a pas que l'Epique, voyez-vous. D'autres voies de salut s'offrent à nous. Il existe d'autres registres, plus légers et plus gais où la vie, l'existence comme vous dites, se peut aussi vérifier, puis après, amoureusement, jour après jour, comme autrefois dans les livres d'heures et les codes de bienséance, déchiffrer.

Quand j'y repense aujourd'hui, je n'ai pas souvenir qu'ils aient tellement ri. Ils refusèrent seulement de me servir un second verre. Ils me conduisirent vers la sortie. Ils avaient la main sur mon épaule. Ils me parlaient avec douceur, comme s'ils craignaient de briser en moi une chose déjà fêlée, je ne comprenais pas quoi, ils me racontaient des bêtises, que le Pernod, pour la première fois, ça faisait toujours un choc, mais qu'après on s'habituait, jusqu'à vingt ou trente en une journée, vous verrez, mon petit monsieur, si les Allemands nous en laissent le temps, allez, c'est pas tout ça, faut qu'on retourne bosser, allez et à bientôt, monsieur comment déjà ?

– Sébastien.

– Eh bien adieu, monsieur Sébastien. On aura peut-être l'occasion de se revoir. Dans les périodes de guerre, il ne faut jamais jurer de rien.

Et je me retrouvai seul.

Je portai mes regards tout autour de moi.

La grande verrière demeurait sale et bleutée, on voyait mal au travers l'heure qu'il était, la hauteur du soleil, les gens se battaient de plus en plus durement pour approcher des trains, Visitez la Côte d'Emeraude, Le Printemps à La Bourboule, les mêmes affiches d'avant-guerre, souillées de graffiti, s'arrachaient lentement des murs, dans deux, trois ans, elles glisseraient vers le sol, j'étais horriblement déçu. Rien n'avait changé. Pendant tout ce temps où j'entretenais une conversation libre et fructueuse avec des ouvriers, où je me liais d'amitié avec des hommes d'une autre classe que la mienne, pendant que se déroulait cette expérience unique, la gare continuait son labeur monotone d'accueil et d'envoi, elle annonçait des retards et des trains annulés et la foule trépignait, indifférente aux instants décisifs que je venais de vivre.

Personne n'avait remarqué la profondeur nouvelle de mon regard depuis que s'était imposée en mon âme l'évidence révolutionnaire. Le peuple passait, saris reconnaître l'un des siens.

Et les mêmes jeunes filles, nullement effrayées par

le couteau qui peu à peu grandissait, prenait forme entre mes dents, les mêmes jeunes filles, leurs robes étaient bleues, continuaient de m'adresser le même sourire confiant.

Je m'avançai timidement.

J'étais un peu tremblant. Je ne savais rien des femmes que les pleurs de ma mère et quelques lanternes rouges à l'entrée des Maisons. Je me demandais comment elles accueilleraient un progressiste, si elles giflaient ces gens-là ou les éborgnaient du bout de leur ombrelle. Je tâchais de me rappeler les préceptes de la baronne de Staff. S'il convenait, sous une verrière de gare, à la veille de la guerre, vers la fin de la matinée, s'il était élégant ou bien franchement parvenu de baiser leurs mains. Fallait-il d'abord me présenter? Sébastien Vauban, collégien. Avouer que la toute belle voiture était vendue?

Comme je décidais de crier très haut, sans préambule, mon appartenance radicale-socialiste, les gardes mobiles chargèrent.

On ne comprit pas comment les chevaux avaient pu grimper jusque-là. On essaya de leur donner du sucre.

On leur raconta de tendres histoires d'amour. On leur promit, dans leur langage, de jeunes et noires cavales. On pria l'orchestre de jouer *Cavalliera Rusticana*. Une délégation d'hommes responsables leur proposa de négocier. Rien n'y fit. Les sales bêtes se montrèrent incorruptibles.

Et chargèrent.

Au moment où j'allais être renversé, une main secourable me tira en arrière.

– Enfin je vous retrouve. Ne craignez rien, Sébastien, ils galopent ainsi toutes les heures pour dégager les voies et permettre aux trains de partir. Hâtez-vous. Nous n'avons plus que quelques secondes.

Puis la grande verrière disparut derrière nous. Je ne supportai pas la lumière du jour, blanche et dure, qui vint à notre rencontre. Je priai le jeune abbé de clore les jalousies.

C'étaient de vieux trains à deux niveaux dont l'impériale avait été fermée, emplie de matelas et de sable pour amortir les balles. Peut-être aussi pour empêcher les gens d'y monter et de guetter à l'horizon le mouvement des troupes, lorsque l'heure serait venue. De notre place, nous entendions le concert de protestations. Pourquoi demeurer ainsi dans ce couloir, dans ce couloir bondé, tandis que l'étage supérieur restait vide ? Le contrôleur semblait s'obstiner dans son refus.

– Mais enfin, c'est absurde, chaque tour de roue nous éloigne de la zone des combats.

– Qu'en savez-vous ?

Personne n'avait plus insisté. Les voyageurs s'étaient rassis sur leurs valises. Nous avions pu refermer notre porte. Et tirer les rideaux. Tout était silencieux. Les lampes éclairaient faiblement le cuir des fauteuils et les gravures de navires à voiles accrochées aux parois.

– Vous comprenez, me disait-il à l'oreille, frémissant d'enthousiasme, ses longues mains enserraient les miennes, je sentais ses ongles sur ma peau et contre ma joue le battement fiévreux de ses cils, vous comprenez, Sébastien, le pays réclame des chefs.

D'un signe de la tête, j'acquiesçais. Je m'admirais déjà. J'enlèverai à l'arme blanche, entouré de mes braves petits gars, des fortins imprenables. Mon lieutenant vient de s'effondrer à son tour dans les sables brûlants du Hoggar, les femmes bleues se sont enfuies, hier encore elles gloussaient dans nos bras, enfin je préfère n'y pas songer, comme dans les chansons de Berthe Sylva les salopards avancent, ils tiennent la source et savent que nos bidons sont vides.., alors je me redresserai, dans l'insupportable chaleur de midi, et face au drapeau, avec ce qui nous restera d'eau, je me laverai les bottes. Ou bien je tomberai le regard clair, parmi les doux coquelicots de la terre de France, et quelques abeilles ivres butineront sans fin le casoar que je tiendrai toujours à la main, sur mon cœur.

– Vous apprendrez, comme je l'ai fait moi-même, le métier de vivre.

– Vous voulez dire la Capitale de la Douleur ou le Dur Désir de Durer ?

– L'adolescence vous tient encore, Sébastien. Et son cortège de mots un peu trop solennels. Oubliez, si m'en croyez. Oubliez. Il vous faudra remplir votre vie, voilà tout ; à d'autres, s'ils en ont le loisir, de lui donner un titre. Ce n'est pas votre tâche. Et surtout pas à l'heure de la guerre.

Dans notre compartiment, les gens se taisaient, impressionnés par notre dialogue. Un vieil homme, timidement, nous tendit une bouteille de calvados, en nous remerciant de parler ainsi. Je me croyais, jusqu'à cette heure, un grand jeune homme timide et lent, du peuple sournois des guetteurs sur la plage quand l'étale se prolonge et l'on ne risque rien. Je me faisais injure, je m'ignorais moi-même, j'oubliais de ma jeunesse les sauvages audaces dont le souvenir maintenant me tirait des larmes d'orgueil.

Cinq fois l'on m'avait refoulé :

– Voyons, mon petit, vous êtes beaucoup trop jeune, mais la porte brillait dans la nuit, je revenais toujours, de mieux en mieux déguisé. Enfin on laissa passer le vieux sénateur que j'étais devenu. On m'accueillit à bras ouverts, on semblait me reconnaître, on me demandait des nouvelles de Bordeaux, de la rue des Remparts, les familles m'invitaient à leurs tables et m'offraient le champagne, les femmes me glissaient le nom d'un neveu chéri, juste un mot au ministre, si cela vous est possible, il aimerait tant, le pauvre, entrer aux Finances...

– J'en prends bonne note, chère madame, sur mon carnet d'ivoire. Mais que fait donc votre époux ?

– Allons, Sénateur, ne jouez pas au huron. Tout Paris connaît les manies d'Edouard. Il est tellement heureux lorsque je l'accompagne ici. Il me comble, si vous saviez. Je m'en voudrais de lui refuser ce plaisir innocent.

Puis une dame fort distinguée, elle était vêtue de noir, elle s'appelait Odette, le cuir de ses bottines, quand elle marchait, craquait, une dame, la trentaine, un peu lourde, un peu blonde, m'entraîna au premier.

– Vers la chambre des glaces, n'est-ce pas, comme d'habitude ?

Il m'inquiétait de plus en plus d'être pris pour un autre. Ce n'était pas la première fois. A croire que mon imagination ne savait inventer que des personnages déjà réels. Pour un futur auteur de Science-Fiction, l'obstacle était de taille. Peut-être devrais-je choisir la politique, après tout. Odette ne comprenait pas ces hésitations, elle attendait patiemment que je retire ma montre.

Je ressortis comme un héros, sur les épaules d'un financier libanais. L'assistance riait ou bien applaudissait, il dépendait des moments. Odette répétait à tout le monde que sénateur ou collégien, elle n'avait pas perdu au change. La belle dame à la caisse m'embrassa sur le front et m'invita à revenir autant que je voulais, le préfet de police était présent, il avait choisi de fermer les yeux sur mon jeune âge et de boire à ma précoce santé, comme tous les autres qui m'accompagnèrent jusqu'à la ruelle, l'ambassadeur et puis le chambellan, et d'autres encore dont je n'ai plus mémoire ou qui portaient des masques.

Mon père marchait de long en large dans le salon.

– D'où viens-tu, Sébastien ?

Dans les vapeurs de champagne, je ne trouvais la force de mentir :

– Père, j'étais au Chabanais.

Il m'entraîna, sans mot dire, vers les hauteurs de Montmartre. Et nous vîmes silencieux, la main dans la main, le jour se lever sur Paris. Aurai-je plus tard le talent d'offrir à mon fils de telles heures ?

Les trois fenêtres, cernées de blanc et de plomb, donnaient sur le parc, les sapins, la prairie et les mares. Tout le reste était rouge.

Tendu de satin rouge et rouges les crucifix, les cartes marines de Dunkerque à Saint-Vaast et de Douvres aux Sorlingues, le léopard des armes, la poignée de la porte qui s'était refermée sur nous.

Mes condisciples gardaient le silence. Personne ne semblait se connaître. A croire qu'il n'y avait pas d'anciens, que c'était la première année, que le collège allait commencer avec nous. Je me demandai très vite s'il fallait m'en réjouir ou bien craindre d'autres tourments plus subtilement cruels que ceux que j'avais déjà endurés dans d'autres institutions, plus proches de Paris mais qui, toutes, m'avaient bientôt congédié,

« Elève trop distrait pour être honnête »,

« Elève trop dévot pour ne point devenir, l'âge aidant, hérésiarque ou faux prophète »,

heureusement mes parents ne lisaient jamais ces motifs de renvoi, ils avaient en tête d'autres affaires.

Devant nous, vers la bibliothèque, un domestique allumait une à une les cinq lampes de la petite estrade qui nous dominait. Des rumeurs, des murmures paraissaient venir de sous la terre, d'une crypte pour nous secrète, loin enfouie dans le sol. La cérémonie s'achevait. Des bruits de pas très lents montèrent vers le salon puis la porte s'ouvrit, les professeurs gagnèrent leurs places et retirèrent frileusement les pièces de mica qui protégeaient leurs yeux. Ils eurent ce regard habituel aux hommes de Loyola, intelligent, inquisiteur, impitoyable, lorsqu'il s'agit, dès la rentrée, d'impressionner les jeunes recrues et malgré la longue habitude que nous avions de ces affrontements muets où se dessinait en quelques secondes le visage d'une année, nous fûmes terrifiés, et comme soulagés : nous trouvions enfin nos maîtres, notre errance, notre quête, de lycée en lycée, s'arrêtait là, en cet endroit dont nous ne savions rien encore mais où nous apprendrions, mieux valait tard que jamais, le délicieux sentiment d'obéir, de se soumettre aveuglément aux caprices d'autrui.

A l'annonce de la prière,
Sancta Dei Genitrix,
Sancta Virgo virginum,
ils sentaient déjà leur pouvoir reconnu et ne sourirent point, n'affichèrent pas leur triomphe mais leurs pupilles se laissèrent envahir par une curieuse douceur, une sorte de bonté, d'apitoiement sur les misères du monde et la détresse des créatures.

La lumière accusatrice qu'ils avaient projetée en chacun de nous se retira peu à peu, au fil des litanies.

La brise était tombée ; derrière les pelouses et les hortensias terre d'ardoise, les sapins demeuraient maintenant immobiles, ils ne roulaient plus de droite à gauche, leur démarche inquiétante s'était brusquement arrêtée. Ils nous masquaient l'horizon et la fin du domaine : je tentais de deviner, au-delà des paliers d'herbes et de fleurs, l'importance des murailles qui devaient entourer le parc et ruiner à jamais tous nos rêves de fugues. Ou si la frontière ultime n'était que la mer dont les courants redoutables défendaient sans doute ces confins de la côte.

Pour la première fois depuis des années, j'étais perdu, j'ignorais absolument l'endroit du monde où pouvait se trouver ce collège.

Nous avions, pourtant, voyagé dans l'Europe entière, mes parents et moi, à la recherche du bonheur. Irène et Charles avaient vécu deux années de passion, deux belles années, deux années folles, les deux années précédant ma naissance. Puis tout s'était brouillé.

Alors nous parcourions le continent, guettant de ville en ville les signes d'embellies de leurs amours anciennes qui peu à peu renaîtraient. D'un commun accord, nous gardions Venise pour la fin, quand de tous les espoirs ne resterait plus que celui-là. Mais Florence, Pise, Rome, Naples, Palerme, Vérone, la chaleur, le laisser-vivre, les robes légères, les musées, la fraîcheur des églises, mes parents s'en allaient tout le jour. Jamais je ne les accompagnais. Je préférais les laisser seuls. Qu'ils oublient ma présence puisque de leur entente, si profonde avant moi me disaient-ils toujours, j'avais été, je demeurais la fêlure, l'imperceptible et lancinant défaut. Un beau matin, ils réaliseraient le charme maléfique que mon enfance jetait sur eux. Ils m'abandonneraient dans quelque riche institution, anglaise ou suisse, et continueraient leur périple, tous les deux, sans moi. Je vivais dans cette terreur, je me faisais petit, diaphane, muet, j'acceptais sans rechigner de passer dans la Rolls nos longues journées d'escale. Je ne m'ennuyais pas, j'avais essayé la drogue, j'avais fait monter sur mes coussins en cuir blond quelques jeunes garçons de mon âge, quelques frêles adolescentes que la voiture fascinait, j'avais été effrayé par la monotonie de ces désirs, par la stupide ressemblance des cris que lançaient au ciel mes pures conquêtes lorsqu'en elles je me livrais aux jeux séculaires, aux parodies de violence, à l'acte, comme on dit, d'aimer. La vie maintenant m'était connue et je la refusais, je choisissais l'étude, d'interminables poèmes à la gloire de l'Europe, attendant sagement, dans le fond de la Silver Ghost, que mes parents reviennent.

Bientôt déçus par le soleil, nous étions remontés vers le nord tenter le charme des bourgades galloises, des lochs écossais, des îlots norvégiens.

Irène et Charles marchaient au bord de l'eau, des heures et des heures sans parler, perdus dans la brume. A leur insu, un doigt sur la gâchette de mon revolver, je les suivais je les protégeais, je les aimais. Je décidais de les aider, de leur préparer jusqu'à leur mort d'autres voyages, dans d'autres régions encore plus reculées de la terre où l'on sortirait de l'ornière des mots, étais-je naïf et sot à cette époque, où tout pourrait recommencer, comme avant ma naissance. Les derniers temps, mes parents s'acharnaient, c'était pour chacun d'eux le septième mariage, ils ne voulaient pas céder, ne voulaient pas s'admettre incapables d'aimer, au moins une fois, un peu longuement, les derniers temps nous roulions toute la journée, nous ne nous arrêtions même plus pour mes crises d'asthme,

– l'Amour est bien plus important, m'avait dit ma mère, bien plus grave que vos petits éternuements.

J'en avais aisément convenu.

– Dorénavant, vous utiliserez seul la bouteille d'oxygène que nous laisserons toujours à votre portée, sur le siège arrière et, de grâce, Sébastien, ne vous plaignez pas tout le temps, pensez à ceux qui souffrent vraiment, ce qui s'appelle souffrir.

Parfois la Rolls s'immobilisait brusquement devant la porte d'une auberge isolée en pleine campagne. Je n'avais pas l'audace de les prévenir, cette même auberge, trois ans plus tôt, qu'ils se souviennent au moins de leur échec, mon père et ma mère ne m'auraient pas entendu, ils couraient vers une chambre.

Deux heures plus tard, ils revenaient lentement vers la voiture, ils m'embrassaient tour à tour en pleurant, nous reprenions la route.

Alors vous pensez si je connaissais l'Europe, ses recoins, ses déserts, ses garrigues, toute l'Europe, sauf ce petit carré de landes où justement se dressait mon collège. Si au moins j'avais ma Rolls et ses trésors, toutes les cartes que j'avais dessinées, des allergies de ma mère, des endroits magiques où Charles se montrait plus que de coutume vaillant, la carte des pluies et celle, plus secrète et plus rare, des hortensias, les fleurs du long de la côte et qui disent la mer proche. Mais je ne me souvenais plus des détails et je savais quelle menace représentait pour ma Science Géographique l'existence des microclimats, improbables et changeants comme la marche des dunes. Le domaine pouvait présenter la même densité d'hortensias que les rives du Solent et tout de même se situer en Espagne, en Autriche, en Biélorussie, je n'étais pas plus avancé, mon collège se trouvait quelque part en Europe, je faisais confiance aux loyolistes, s'ils souhaitaient véritablement nous tromper.

Et puis j'avais parfaite connaissance de l'anglais, je passais d'une langue à l'autre sans m'en apercevoir, il

fallait que mon interlocuteur protestât qu'il ne comprenait rien, il fallait un témoin monolingue pour révéler les frontières. Etait-ce Cornouaille anglaise ou française, bord de Manche ou d'Atlantique ? Je ne pouvais deviner et je n'osais questionner mes voisins, ils ne répondraient pas, la prière continuait,
les yeux baissés,
pour la Vierge Marie.

Enfin la Sainte Vierge en sut assez,
qu'elle était Sainte et Vierge
et Pure
et notre Reine, chez nous, chez nous, chez les autres,
et Mère de Dieu,
et notre Mère à tous,
consolatrice,
douce et vigilante,
la Sainte Vierge,
plus d'une demi-heure ce matin-là,
en avait assez entendu.
Et les loyolistes comprirent qu'ils ne pouvaient continuer sans lasser la Mère de Dieu.
Ils prirent peur. Sur un signe de leur chef, les litanies s'arrêtèrent.
On entendit des toux timides, le bruissement des missels fermés avec douceur, regret et précaution. On sursauta au discret vacarme des chaises, au raclement rauque du bois sur la pierre puis ce fut la rumeur grinçante des yeux qui se relèvent, tous en même temps, le clapotis des larmes que l'on écrase, après tant de belles choses dites, au Seigneur avouées.

Le silence se fit.
On referma les fenêtres.
Et l'interrogatoire put commencer.

Achab,

l'appel commençait. D'habitude, dans les autres collèges, les premiers de la liste s'appelaient Allibert, Archambault, ou bien Arnoux, tout simplement, comme dans Flaubert. Mais là, un petit homme très brun se levait, au fond de la classe, entre les deux radiateurs,

Achab, monsieur Achab, c'était lui.

Et je savais qu'on ne m'interrogerait qu'en dernier, ou presque. Les virtuosités,

Achab,

Vauban,

Balbeck,

les sauts cruels d'un nom à l'autre qui terrorisaient les élèves, sera-ce moi le prochain ?, les tirages au sort n'étaient guère de mise un premier jour, nos maîtres suivaient docilement le cours de l'alphabet.

Par le privilège de mon initiale, je pourrais observer mes camarades, deviner la stratégie des loyolistes, la marche de leurs questions. A de semblables moments, il me venait de grandes tendresses pour mon nom, embusqué à l'arrière-garde, timidement dissimulé au terme des annuaires, juste avant les annexes et la banlieue, écrasé de milliers de pages, de

A à L, de K à lui. Je remerciais mes ancêtres ou ceux qui les avaient nommés pour la première fois Vauban par moquerie, par hasard, la raison en était perdue. Ne demeurait que cette lettre V, cette lettre-camouflage qui commençait mon nom, à l'ombre de laquelle, de plus en plus souvent, je me cachais.

Achab, monsieur Achab,
l'élève se dressait, apeuré, sur son banc,

ne craignez rien, mon fils, c'est seulement pour vous mieux connaître, vous mieux aimer, mon cher enfant, vous comprendre et vous aider, disait la voix caverneuse. Le loyoliste retirait ses lunettes, tâchait de sourire, levait la main, à moitié bénissant, menaçant avec douceur monsieur Achab,

répondez simplement à nos questions :

subissiez-vous des châtiments corporels dans les collèges que vous avez jusqu'ici traversés ?

L'élève Achab n'avait pas entendu, il récitait tout d'une traite les réponses habituelles, un jour de rentrée : mon père, la dernière fois que je l'ai vu, dirigeait le Fonds monétaire international, à Washington. Ma mère faisait visiter au Louvre le Cabinet des dessins. Je n'ai ni frère, ni sœur, je suis faible en mathématiques, excellent dans les sports de balles, tennis, golf, hockey, je voudrais devenir banquier à Londres mais c'est en Bretagne que je passe mes vacances, en Bretagne-Sud.

Les abbés ne l'interrompaient pas, descendaient sans bruit de l'estrade. Ils s'asseyaient parmi nous qui pouvions entendre leurs respirations un peu fortes, ponctuées de soupirs et de légers sifflements. Les bons pères prenaient toute la place, s'excusaient d'un sourire. Je me reculais, vaguement dégoûté par l'odeur de savon qui montait de leurs mains.

D'autres élèves prenaient la suite, récitaient à voix

basse ces minces repères biographiques, la brève histoire de leurs parents, la profession de leur père, comme dans les lycées, les années précédentes, une sorte d'esquisse, un portrait maton qui suffisait d'ordinaire aux autres professeurs pour faire connaissance, puis, les premiers jours, vous annoncerez votre nom, avant de répondre à mes questions, en prononçant distinctement, et c'était tout. Au bout de quelques semaines, le maître retenait sans peine Achab, Balbeck, Vauban, et les parents de s'esbaudir à la réunion d'octobre, de prise de contact,

Oh ton professeur de Lettres, quel homme attentif et délicat, qui te sait déjà si bien, mon chéri.

Les deux étangs se vidaient peu à peu mais de mon banc je ne pouvais deviner l'orientation des eaux, où se trouvait la mer, de quel côté des joncs. Des paysans semblaient se battre dans la vase, se pousser dans le courant, ils se jetaient au visage de longs poissons noirs, ils riaient ou criaient, on entendait comme une rumeur éparse, lointaine, de chants et d'injures comme si la vie, repoussée partout ailleurs hors du parc, affleurait là-bas, autour de l'eau dormante et des marécages. La côte, si c'était elle, ne serait pas franche ni clairement arrêtée par le marbre ou le granit, par des falaises brutales. Plutôt d'immenses grèves que la marée découvrait sur des milles et des milles et d'infinis ruissellements qui devaient souiller le sable et la mer jusqu'au large.

J'avais sursauté.

Le chef loyoliste répétait :

– Revenons à vous, monsieur Achab, vous paraissez bien distrait. N'avez-vous pas entendu notre question ? Nous ne nous intéressons guère, mes collègues et moi-même, à l'héroïque existence de vos géniteurs. Cette institution n'est pas comme les autres, peut-être l'avez-vous déjà deviné. Vous apprendrez ici des secrets dont l'importance vous étonnera. Mais la guerre approche, il vous faudra combattre et malgré votre courage, l'ennemi pourrait vous capturer : nous aimerions simplement connaître, avant de commencer votre véritable éducation, l'expérience personnelle que vous avez de la torture.

Monsieur Achab se retenait d'éclater de rire, dix ans de collèges religieux, dans toute la France, au Mexique, en Ecosse, au Venezuela, dix ans de supplices de toutes sortes, d'humiliations, de jeûnes, de cruelles privations, dix ans de terreurs continuelles, de craintes, tout cela pour s'entendre demander par un loyoliste courtois, avec force précautions, mon cher enfant, si l'on vous giflait, donneriez-vous vos camarades ? Monsieur Achab trouvait cela trop drôle, il dénouait sa cravate, puisqu'on daignait le questionner, le questionner vraiment, on allait voir.

Les coups de férules, de triques ou de règles, la peau de serpent, la gomme, les frites, la langue percée d'un fer chaud, la langue sacrilège des bavards à la messe, dans les rangs, ou bien l'estrapade, attachés à une corde, on nous projetait cinq fois au sol, le cheval de bois, on nous asseyait en plein soleil, plusieurs heures, sur une poutre en biseau, pour regard ironique au Père-Préfet, ou le piquet, sévices franco-hindous, on nous obligeait à marcher pieds nus sur des clous, lorsque innocemment la nuit nous quittions notre lit pour rejoindre dans les toilettes un camarade d'une classe inférieure,

les oreilles, les épaules, les cheveux tirés ou tordus vers le haut, comme si la tête devait suivre,

les fessées, les volées, les peignées, les giroflées,

oui mon Père, oui mon Très Révérend, si vous permettez, voilà seulement le début de mon anthologie minutieuse des petits martyres escoliers, alors votre question, vous comprenez, elle m'étonne un tantinet, comme si vous ne connaissiez les douces pratiques de vos collègues :

c'était souvent le soir, peu avant la sortie, l'instant de grand silence, lorsque l'on conviait le fautif,

aux fenêtres d'abord,

de les clore toutes et bien,

afin que nul n'entende les cris de honte et d'aveu du malfaiteur justement puni.

Mais point n'était la peine de telles précautions dans ces vastes collèges entourés de cours et de bruits de voitures, d'agents qui sifflent, de révolutions qui dans le sang s'effondrent, de présidents qui passent, de chiens qui humblement choisissent le suicide, la ville ne pouvait rien entendre.

Le maître lui retirait ses lunettes, au malappris, à l'infirme cochon de myope que Dieu dans son infinie bonté n'avait pas voulu complètement aveugle, le maître lui baissait sa culotte, le frappait au visage par surprise, le rouait de coups, hurlait qu'il se défende, qu'il évite celui-là, s'il en était capable, s'il le voyait venir, et celui-là, un autre encore, un autre coup plus sec, plus appuyé, en évitant le menton, pour faire durer le châtiment. Il attirait l'élève contre lui, au milieu du combat, l'étouffait dans sa soutane, le griffait sauvagement à son scapulaire, le giflait trois fois, lui lançait au visage toutes les chaises qu'il trouvait sous sa main,

puis, c'était la fin que tout le monde attendait, on avait permis aux domestiques de monter pour cela des cuisines, ils regardaient la scène du jardin, au travers des fenêtres, brusquement, le maître lui mordait les fesses, au malappris, sous les applaudissements du public et sous le grain de beauté qu'il avait le malappris, voyez-vous ça, du côté gauche.

Mais l'élève rudoyé, croyez-moi si vous voulez mes Très Révérends Pères, le chérubin meurtri n'avertissait jamais ses parents, l'affaire était trop grave, il risquait l'exclusion à vie des petits cours de latin et, par voie de conséquence, la dernière place à jamais pour toutes les versions et tous les thèmes à venir,

« comment pouvons-nous garder un tel élève, cher monsieur, si faible dans la langue choisie par Dieu comme celle de la prière ? »

Le père du malheureux coupable en convenait et mort de honte abandonnait là son rejeton aux hyènes et caïmans qui toujours infestaient les abords des collèges, je n'ai jamais compris pourquoi.

D'autres parents plus doux se plaignaient seulement de la clémence du magister lorsque la morsure, au bout d'une semaine, sur la fesse gauche s'était évanouie.

Vous comprenez pourquoi, mes bien chers Pères, pourquoi jamais, au grand jamais nous n'avouions sous la torture.

Sur l'estrade, les abbés ne pouvaient masquer leur contentement. C'était la grande joie des loyolistes, je connaissais leur vice, de vérifier une nouvelle fois la barbarie des autres congrégations ; comme s'il était besoin de semblables tourments pour imposer aux élèves la plus stricte des disciplines !

– Très bien, très bien, monsieur Achab, votre histoire nous rassure. Et surtout ne craignez rien, nos manières à nous empruntent moins à la force qu'à la suggestion et à la lancinance. Vous veillerez seulement deux jours et deux nuits la Sainte Eucharistie. Ces hommes étaient des prêtres qui vous ont si durement mené. Ne l'oubliez pas. Ils méritent votre indulgence. Le Seigneur n'a pas légué à tous la même part de savoir.

Au suivant, monsieur Balbeck, je crois.

Depuis quelques minutes, bouleversé par ce que je venais d'entendre, je n'arrivais plus à respirer.

On demanda un brancard.

– Remettez-vous, Sébastien Vauban, remettez-vous, prenez du repos, nous irons à l'infirmerie vous interroger. Nous avions été prévenus, n'ayez pas peur, personne ici ne songe un seul instant que vous tentiez de nous tromper. Vos crises sont très réelles, nous le savons. Mais surtout reposez-vous. On peut mourir de ces choses-là, si l'on n'y prend pas assez garde.

Docile,

plus qu'aucun élève jamais abandonné à la férule des bons pères. Un exemple. Un symbole. Docile comme une image et plus vrai que nature. Empressé, efficace, serviable, devinant leurs désirs, me proposant toujours pour aller chanter matines ou effacer le tableau noir.

Ah, Sébastien, si tous vos condisciples vous ressemblaient !

Et tous mes condisciples me détestaient, cordialement. Pour cette fidélité à mes maîtres, mon acharnement à leur plaire.

Peut-être aussi pour ces dénonciations que je me résignais à commettre. A contrecœur. Mais pour le bien des coupables. Retranché avec mes jumelles, au dernier rang de la classe, derrière les huit tomes du Grand Dictionnaire de Trévoux, je guettais les fautes d'attention, les petits dessins, au porte-plume, sur la page de garde des cahiers, les petites boulettes de papier mâché qu'ils envoyaient contre les vitres, ces innocents, les petits messages obscènes qu'ils se passaient de main en main, les petites caresses, quand l'après-midi se faisait brûlant et que la vie du Maréchal, mon Dieu, les ennuyait.

Je me levais brusquement, courais vers l'estrade et le professeur, mais je vous en prie Sébastien, me laissait haranguer mes camarades.

Je leur disais mon sentiment, l'importance de l'aube, des premières heures du jour ou de l'existence, comme il fallait bâtir, en moellons durs et immuables, des chemins, des ornières, d'où nous ne pourrions plus jamais sortir, condamnés à la grandeur, à l'héroïsme, nous fermant les autres appels de moindre envergure, des sortes d'empreintes, de rails, de masques successifs que nous habiterions scrupuleusement jusqu'à notre mort dont la sérénité, oui messieurs, nous surprendrait...

le professeur hochait gravement la tête,

l'Angleterre l'avait bien compris, qui construisait de si nobles gares pour entourer de solennité les départs vers l'Empire et ses femmes fauves, vers les Barbaries continentales. Nous devons voir en Victoria Station comme en Chartres et Jumièges des constructions morales, des appuis de pierre pour la faiblesse des hommes, quand ils marchent au-dehors, au-dehors dans la vie,

et qu'il fait grand vent.

Point n'est besoin pour moi de vous expliquer le sens de ces forts de Vauban, enfouis dans la terre ou les sables, aux limites du royaume, pour en fixer le cours.

Monsieur le Professeur, je crois qu'ils ont compris, vous pouvez continuer, mon ancêtre, disiez-vous, naquit le 15 mai 1633 à Saint-Léger-de-Foucheray et son père, le maître-jardinier Albin-Urbain, désirait qu'il apprît d'abord l'art de la greffe...

Mes voisins me tiraient la langue, me piquaient le mollet droit avec la pointe de leur compas trempée dans l'encre rouge, en m'appelant saint Sébastien, ils trouvaient cela fort drôle, je ne leur en voulais pas, je pardonnais pieusement et je tendais le mollet gauche, comme il est recommandé d'agir, dans l'Evangile. Mais quand la fureur les prenait, quand ils s'apprêtaient à frapper plus haut, à jamais me mutiler, alors je priais le maître d'interrompre une nouvelle fois son Histoire et de conduire au cachot le jeune imprudent.

Le soir venu, dans le dortoir, quand tous dormaient ou faisaient mine de rêver, le Père directeur s'approchait à pas de loup de mon lit.

– Cette regrettable erreur ne se reproduira plus, le Très Révérend Gombrowhich aurait dû prévoir l'inqualifiable agression dont vous avez été la victime, il n'a pas la vigueur nécessaire pour mater une classe, nous le renvoyons à ses écrits, je désirais vous annoncer le premier cette bonne nouvelle, vous aurez demain un nouveau professeur de Poliorcétique qui vous donnera, j'espère, toute satisfaction.

Puis il m'embrassait longuement sur les deux joues et dans l'oreille, il me bénissait et s'enfuyait sans un bruit, je le voyais disparaître au travers de la porte-tambour, dans un parfum de cirage et d'encens, il devait faire ses chaussures la nuit, juste après les complies.

Je souriais à cette idée.

Mais réfrénais vite la dangereuse tendresse que je sentais sourdre en moi.

Et dans le calme les jours passaient. Je craignais seulement que les armées allemandes ne laissent pas à mes maîtres le temps de parfaire mon éducation. Qu'ils oublient de me dire, dans le chaos de l'exode, quelque secret de vivre mieux. Je questionnais les domestiques, l'offensive avait-elle repris ? Etait-ce la rumeur des armes ces coups sourds frappés à l'horizon? Le mois de mai s'achevait, ils n'osaient me répondre.

Parfois l'on m'accordait d'aller dans la bibliothèque consulter les derniers numéros de *la Revue de France.*

– Vous devez vous informer, Sébastien, un chef doit tout savoir.

Alors je m'informai. Des choses de la Finance. Des mutineries en mer Noire, avril 19. Et parmi les inévitables déchets, les récits amoureux plutôt indigents, j'appris à reconnaître l'évidence du grand style.

> *Je sentais peser sur moi le silence qui m'environnait et soudain le silence prenait une forme et cette forme était un corps et, avec ce corps, un visage m'apparaissait, un doux et beau visage, tendre et mélancolique, si tendre et si mélancolique que mes yeux se remplirent de larmes, et ce fut ainsi que, sur ce chemin vert de la forêt de Bligny, je sus que j'aimais Suzanne d'Amblas, et que je l'aimais d'amour...*

Mais à part le serein Régnier, tout le monde s'inquiétait, dans cette digne publication. Raymond Recouly tremblait pour la paix civile, Henry Laporte pour ses amis yougoslaves, Marguerite Yourcenar pour son ménage qui s'effritait et le bel Edmond (Sée) ne goûtait décidément pas *Je vivrai un grand amour* que Stève Passeur venait de présenter aux Mathurins.

La vie me semblait de plus en plus une sorte de péril vague, diffus et sournois, contre lequel il fallait avant tout se défendre, élever d'interminables murailles, aveugles, indifférentes aux couleurs et aux chansons trompeuses qui, les jours de grande brise, nous parviennent de la plaine. Les Sciences de la Morale, que nous enseignait avec force prudence le Père L., me semblaient faire encore trop belle part à l'accueil, à l'échange, à l'union. Je rêvais de lutter contre cette honteuse faiblesse. Je deviendrais l'expert mondial des barrières et poternes, des meurtrières, des barbacanes à travers les âges et les pays, des échauguettes, escarpes, gabions et chevaux de frise, et de quelques créneaux, pour scruter au loin les objets du refus.

Je m'entourais de remparts. Je les dessinais sur le sol, je les gravais dans les plâtres des couloirs, dans les bancs de la chapelle, je les griffais amoureusement sur les statues du parc, je me souviens des donjons de Carcassonne sur le buste de Saint-Simon, et des enceintes d'Auxonne sur le visage de Racine.

Peu à peu changeait l'opinion que mes camarades avaient de moi. Ils ne me connaissaient pas ce talent.

– Un mouchard, un salaud, peut-être, disaient-ils dans les cours de récréation ; sur les terrains de cricket, mais quel artiste !

Ils m'adressaient de délicieux sourires, ils me tendaient la main.

– Sébastien, et si nous oubliions toutes ces bêtises, Sébastien, dis, tu crois pas ? On pourrait se réconcilier. C'est idiot ces disputes. Surtout avec la guerre qui s'approche, des disputes entre Français, qu'est-ce qu'ils vont penser les Allemands ?

Allez, donne-nous ta main et qu'on n'en parle plus.

Je savais la faveur qu'ils allaient me demander. Je n'étais pas dupe un instant de leur soudaine amitié. Mais ma condition de pauvre boursier me forçait d'accepter. Pourvu qu'ils y missent le prix.

C'était le plus souvent la nuit, dans un coin du

dortoir, que je tatouais mes œuvres sur ces jeunes poitrines avides de souffrances viriles. Je me vengeais discrètement, aujourd'hui j'en garde un poignant remords, de leurs moqueries passées, des subtiles humiliations qu'ils m'avaient fait subir. J'enfonçais, plus qu'il n'était nécessaire, le poinçon courbe dans leurs chairs. Je versais sur leurs blessures un peu trop d'alcool pur et de l'encre très maligne, et très douloureuse quand elle séchait.

Ils se retenaient de crier.

Je leur souriais sans rancune.

Et gagnais à ce jeu des montagnes de jaunets que j'investissais dans la confiture de framboise et dans certains ouvrages mystérieux traitant de la Grand-Guerre et des Ecluses de Valenciennes.

Chaque jour mon Art s'enrichissait, s'approfondissait, s'éloignait des sirènes et des cœurs traditionnels, des dédicaces éternelles, imprudentes, à Loulou, pour la vie. Je m'aventurais, solitaire, hors des chemins, hors des sentiers, en de nobles régions, inconnues du tatouage classique, où l'Epique le disputait à l'Héroïque.

Pas un de mes camarades qui n'eût bientôt sous le sein gauche une citadelle de notre pays, luttant contre le Maure ou l'Autrichien, ses pavillons déployés au vent, tandis qu'alentour la vie continuait, paissaient çà et là quelques renards domestiques et des rouges-gorges franciscains se racontaient entre eux les hauts faits de courage de nos grands capitaines qui mouraient là-bas, dans le soleil, doucement, sous le sein gauche.

Tout cela pour cent francs, cent francs d'alors, couleurs comprises ; il me fallait plus d'une semaine pour achever le tableau champêtre, j'étais sans cesse interrompu par les hémorragies et les divers malaises de mes clients, aussi par les amours brutales qu'inspirait soudain l'artiste, je dois l'avouer. Modestement.

D'autres élèves préféraient les bords de mer, plus frais, disaient-ils, à sentir sous la peau.

Mais de plus en plus l'on me suppliait d'élargir mon domaine, d'abandonner la guerre, un moment, et les ouvrages de Vauban. On me réclamait surtout des scènes dérivées du Testament, l'adoration du Veau, les filles de Loth sodomisant leur malheureux père, Abraham prolongeant son geste infanticide. D'une manière générale, les loyolistes favorisaient mes travaux, beaucoup plus instructifs, aimaient-ils à répéter aux parents, que ces stupides combats au sabre des étudiants allemands. Mais pour l'obscène ou l'hérétique, les risques étaient trop grands, je n'osais m'engager seul, je devais en référer, attendez-moi là deux minutes, ce ne sera pas long et je grimpais quatre à quatre jusqu'au bureau de mon confesseur.

– Bien sûr, Sébastien, à quoi pensez-vous ? Il faut accepter. Seulement vous augmenterez les tarifs. Et la différence, vous la verserez à notre fonds spécial. Comment croyez-vous que la Compagnie vienne en aide aux étudiants tels que vous, de vaste intelligence mais de fortune enfuie avec les emprunts russes ?

Le soir venu, dans la vieille étude, le parquet grinçait si l'on marchait.

Mais nous préférions demeurer dans ces fauteuils anglais, secrets et profonds, d'où la tête seule dépasse. C'était l'heure libre, aux rires faciles et un peu lâches : nous avions droit aux fléchettes et quand les mouettes osaient venir, par la fenêtre ou par la porte, nous les tuions lentement, fredonnant, comme à l'accoutumée, des chansons d'abordage.

C'était l'heure de détente et d'abandon, après les courses guerrières de l'après-midi, à travers bois et marais.

La prise du Camp rouge, nos chefs nous tiraient l'oreille, pouvait se faire plus vite, en perçant du nord-est, contre le vent. L'entraînement allait s'intensifier, dans les prochaines semaines, nous avions beaucoup à apprendre avant de porter les armes contre de vrais Allemands. Enfin, nous faisions de notre mieux.

Ils nous offraient à boire,

– Vous l'avez bien mérité.

Le Révérend W., responsable des combats, levait son verre, à nos efforts.

– Personne ne demande la parole ? Et ne me traite d'assassin, de soudard, de *reître vil ?* N'aimiez-vous pas ceux qui sont morts à l'assaut de midi ? Ils semblaient mignons, pourtant, couchés dans le trèfle, et plus blonds qu'en moyenne.

Il cherchait nos regards, nous lui sourions gentiment, émus par son courage.

– Je vous avais prévenus de vous cacher, de vous camoufler par tous les moyens. Il fallait un exemple. Je vois que vous me comprenez. Vous devez savoir éviter les rafales. Et non pas vous dresser brusquement, comme ces imbéciles, au beau milieu de l'attaque. D'ailleurs nous vous offrirons d'autres tirs à balles réelles, au hasard des journées qui vont suivre. A vous de prendre vos précautions.

En attendant, à la bonne vôtre !

A vos camarades de ce matin, aux maladroits, aux malchanceux de toujours qui meurent pour que les autres sachent comme il est périlleux de s'aventurer sous une échelle, ou dans une mer très froide, après un fin repas.

A cette race d'hommes qui souvent nous protègent des agressions les plus stupides de l'existence, à cette cohorte de héros inconnus et timides, méprisés par leurs femmes de s'éteindre aussi bêtement, tancés par leurs concierges, ils salissent l'escalier en tombant sur le dos, comme cela, du troisième étage, à cette armée de l'ombre,

sans rancune et salut !

Une porte s'ouvrait, dans le fond, derrière les livres. On nous appelait pour changer de costume, abandonner les treillis et les bandes molletières, retrouver pour le dîner flanelle et blazer, la cravate et l'écusson.

– Vous irez un par un.

Ils se méfiaient des vestiaires, des chansons à deux, sous la douche, des amitiés qui naissent entre garçons, lorsqu'ils sont nus.

Les derniers de la liste, Salammbô, Thibaudet et moi Vauban pouvions sortir un moment dans le parc, en attendant notre tour, avant qu'on ne lâchât les chiens pour la nuit.

Des vapeurs de poudre flottaient encore dans l'air. La marée semblait basse, en allée avec le grand vent du jour. Pourtant les sapins et d'autres arbres plus lointains continuaient de battre et les dunes leur marche silencieuse autour du domaine, les sables roulaient, glissaient, les ajoncs arrachés, les épis brisés, on se demandait pourquoi, au matin nul n'avait remarqué le séisme.

Les rayons du phare éclairaient les fascines et les fusils allongés sur la plaine, les meurgers de défense, les vouges des paysans qui nous aidaient à bâtir nos abris, comme autant de traces, sur le sol, du jour écoulé, les signes de notre apprentissage, le jeu de la guerre. Nous avions débarqué là pour nous rendre au Camp rouge. Quelques heures venaient de passer et nos chemins d'alors s'enfonçaient déjà sous la vase et les herbiers de laminaires. Sauf le pas des cormorans sur le bord des mares, le rivage était vierge et menaçant, tel l'avenir, incertain, avril 40, et nous n'osions poursuivre jusqu'aux péniches échouées, là-bas, vers le phare.

L'inquiétude m'avait longtemps habité de ne vivre qu'un simulacre, de mimer la guerre, de tirer à blanc et que rien n'arrivât. La mort de ces trois malheureux jeunes gens me délivrait. Mais je n'osais l'avouer. Mes compagnons n'auraient pas compris.

Nous nous demandions en marchant qui avait bien pu les appeler pour qu'ils dressent ainsi la tête, tous les trois, hors des tranchées, ils étaient pourtant avertis : on leur tirerait dessus...

Thibaudet me regardait parler en souriant parce que lui, me dit-il à l'oreille lorsque nous nous fûmes un peu éloignés de notre camarade, lui, Raymond Thibaudet, que j'avais plus d'une fois humilié, bafoué, moqué, lui que je nommais en privé le Gilles de Rais pour bals musette, eh bien il connaissait le coupable.

– J'étais près de toi, juste derrière le pin parasol, je t'ai entendu, très distinctement, « allez les gars, fini pour aujourd'hui, on rentre », ou quelque phrase de ce genre. Les loyolistes seraient drôlement intéressés d'apprendre ce haut fait, n'est-ce pas, Sébastien, surtout toi, tu te rends compte, leur protégé, leur futur pape...

J'attendais depuis le matin ce moment. Que me réclamerait-il en échange de son silence ? Je le savais épris d'un recueil inédit des nuits de Flaubert avec Kutchuk-Hanem, contées avec force détails par un vieil Hollandais un peu consul, un peu voyeur, qui finissait en ce temps-là sa morne carrière sur les rives d'Esneb. Peut-être s'agirait-il de tout autre chose, de cigarettes américaines dont je possédais un stock, de corrigés de mathématiques que toute la classe m'enviait. Ou peut-être, demain, aurait-il oublié, ce type n'avait aucune mémoire. Et puis, comme chaque soir, c'était l'heure où nous guettions le passage des Dames, au long des tennis, rien d'autre n'importait. Et Thibaudet s'était tu.

Des manteaux de fourrure blonde, tachée de noir ou de brun, qui traînaient jusqu'au sol, allaient-elles pieds nus ?, nous devinions leurs jambes et la naissance de leurs cous, elles passaient sans rien dire, en se tenant par la main,

ou parfois elles riaient, leurs bottes montaient à mi-cuisse, elles n'avaient de jupe qu'une large chaîne de métal jaune, puis une sorte de guipure blanche jetée sur leurs épaules, elles couraient, s'appelaient, s'embrassaient dans la nuit ou tombaient dans l'étang, enlacées,

ou beaucoup plus lentes et douces, elles parlaient anglais, leurs robes imprimées bleues frôlaient leurs bottines dont les crochets luisaient un instant,

il dépendait des soirs,

mais le même chemin toujours, entre les tennis, à toucher le moulin, sans jamais se retourner, nous invitait à les suivre.

Venaient-elles d'autres collèges, pour des enfants plus jeunes, que nous n'entendions pas malgré les vents tournants et les fracas de luttes et de cris, à cet âge, quand ils jouent ?

Elles enseigneraient aux gamins le solfège ou la pensée radicale-socialiste et s'enfuiraient le soir vers les côtes rendre hommage au grand Herriot qui devait prendre là de secrètes vacances.

Mais comment pénétraient-elles dans le parc ? Les murailles, à nous pauvres élèves, semblaient infranchissables. Qu'abandonnaient-elles, chaque fois, au gardien, qu'il les laissât ainsi passer, au mépris des consignes ? Exigeait-il l'offrande des trois, des trois en même temps, à l'aller comme au retour, notre admiration pour lui s'en accroissait d'autant. Nous lui demanderions demain les recettes de sa forme et s'il était bien vrai que les femmes gémissent, à ces moments-là.

Nous revenions vers le collège par les mêmes sentiers de landes. Le brouillard montait jusqu'à nos genoux. La plaine avait disparu, nous butions contre des pierres, nos chaussures s'enfonçaient parfois dans la tourbe humide. Plus haut, dans le ciel, le vent avait repris, par-dessus les arbres, les sables ne glissaient pas encore.

– Moi je les épouserais bien.

– Tu penses comme elles riraient à cette idée saugrenue, mon cher, avoue-le, saugrenue. Il faudrait les avoir. C'est tout. Sans rien leur proposer, sans rien demander, sans jamais payer. Comme le gardien. Voilà le but d'une vie : être toujours le geôlier ou le guide de quelque endroit du monde où elles voudraient aller, de quelque émoi pervers qu'elles rêveraient d'éprouver, au moins une fois, dans leur existence. Enfin vous me comprenez, tous les deux, il nous faudrait une technique irréprochable, et que ça se sache.

– D'accord, nous inventerons ensemble le parfum magique qui les envoûte, les ensorcèle, nous nous ferons les yeux battus, qu'elles songent à l'Autre, la Comblée, qu'elles la jalousent, à en crever.

– A nous aimer follement.

– Salammbô, mon vieux, pour nous, l'avenir est Femme.

Je demeurais à l'écart, pensais au Swann de mes lectures : aurais-je moi aussi le courage de prendre pour épouse une femme un peu vulgaire, un peu volage, un peu trop tard ? Mes deux compagnons se gaussaient de ma timidité.

– D'ailleurs ton ancêtre le Maréchal n'aimait pas les femmes, j'ai vérifié. Il s'est marié le 25 mars 1660 avec Jeanne d'Osnay, demoiselle, dit-on, de très petite beauté. Et c'est ce que Laclos reprochait surtout à Vauban, sa frigidité. Tu devrais lire ça, Sébastien, la lettre de Pierre Ambroise François Choderlos à messieurs de l'Académie française sur l'éloge de monsieur le Maréchal de Vauban proposé pour sujet du Prix d'éloquence de l'année 1787. Sur la tristesse active des vies sans amour, tu verras, c'est un texte irremplaçable. Surtout pour toi, je dis cela sans méchanceté.

J'avais dérobé aux cuisines, le matin même, mourant de peur à l'idée de combattre, deux bouteilles de vieux cognac. Nous nous présentâmes un peu ivres à l'appel du soir. Mais personne n'y prit garde, nos trois camarades étaient là, allongés dans leurs cercueils ; Thibaudet, semblait-il, ne pensait plus à moi.

Je m'obstinais, je n'ouvrais pas les yeux. Les fracas de bataille et les cris s'amplifiaient. Mais je gardais confiance. Ce n'était pas la première fois. Il devait s'agir de polochons ou de combats à la ceinture, les armes changeaient tous les soirs, j'avais du mal à les reconnaître. Ça commençait toujours dans les murmures, les chuchotis, les gloussements, les petits cris. Des affaires de Jalousie, le plus souvent. J'avais l'habitude. De toute façon, personne n'arrivait à trouver le sommeil, dans ce dortoir. A cause d'une fuite, quelque part, goutte à goutte, sur le toit de zinc. Et il faisait chaud, la nuit semblait très longue, les élèves s'occupaient, comme ils pouvaient, comme dans tous les collèges, les plus volages couraient de lit en lit, offraient leurs charmes et repartaient vers d'autres idylles, semant sur leur passage discorde, rancœur et nostalgie : l'affaire se finissait au tesson de bouteille, au sabre d'abordage, à la tringle de rideau, seuls les revolvers demeuraient, par un accord tacite, interdits. Mais cela suffisait bien pour nous terrifier, Salammbô, Thibaudet et moi Vauban, les derniers de la liste, les plus chétifs de l'établissement, la honte de l'Eugénisme, la tache au front de la race aryenne. Nous nous étions connus le premier soir, tremblants de peur, tous les trois, sous un lavabo. Depuis, réfugiés dans un coin de la salle, derrière des monceaux de valises et de vieux dictionnaires médicaux, indifférents aux vacarmes profanes, nous cherchions dans la pénombre les secrets infaillibles qui métamorphosent en Casanova tout collégien souffreteux, pourvu qu'il s'en donne la peine. Salammbô avait décidé de grandir. Il possédait déjà de beaux yeux verts, il approchait la chandelle, il nous priait de vérifier, aucun doute possible, ils étaient verts, Salammbô triomphait, vous verrez, un géant au regard d'émeraude, les femmes, croyez-moi, n'y résistent jamais.

Je lui suggérais d'apprendre aussi le tango.

– Chaque chose en son temps, Sébastien, de la méthode. Les chaloupés viendront plus tard, quand mon corps seul ne séduira plus. Quand je devrai élargir mon arsenal avec quelques brins de poésie, quelques phrases au bord de la mer et les petits riens de chez Van Cleef.

Il se suspendait par les bras, par les pieds, à tous les appuis qu'il pouvait trouver, aux lampes, aux fenêtres, aux poutres du plafond, aux encensoirs automatiques. Les Bons Pères avaient tenté un moment de freiner cette ardeur de chimpanzé mais après un entretien avec le Moniteur-Inspecteur-Psychique ils l'avaient autorisé à installer au-dessus de son lit un grand trapèze. Il s'étirait des heures, dans le noir, nous lui récitions Da Ponte, pour lui donner du courage,

in Italia seicentoquaranta,

in Allemagna duecentotrentuna,

lui annoncions les prénoms de ses futures conquêtes, Nathalie de Noailles, Lou Salomé, Diane de Poitiers, la Princesse de Tour et Taxis,

Damia la belle,

Sylva la très chaude...

Il grandissait, d'après ses calculs, de zéro millimètre soixante-quinze chaque nuit ; nous fêterions bientôt le premier décimètre.

Et Thibaudet se débrouillerait pour obtenir du champagne, il avait tout le temps, puisqu'il était en vacances depuis hier. Il avait rangé dans le placard ses réchauds et ses fioles. Il se sentait prêt. Son interminable chimie prenait fin. A sa demande, nous l'avions enduit de parfum. Il ne voulait pas lui donner de nom, pas encore, mes amis, pas encore, je vous remercie de votre confiance, mais il me faut d'abord l'éprouver.

Toute la nuit, des frôlements imperceptibles nous avaient intrigués, inquiétés, nous demandions à Thibaudet s'il n'était pas malade, il ne répondait pas.

Au lever du jour, une véritable ménagerie rugissait, piaillait, ronronnait, caquetait sous ses draps.

Il rayonnait, ce brave Raymond, il bégayait de joie :

– Je savais bien que le visage ou les belles manières importaient peu. La preuve en est faite, messieurs, la Séduction n'est qu'affaire d'effluves, la clef du mystère, le principe de Sympathie résident là. Si les oiseaux et les chats se jettent ainsi sur moi, sans pudeur ni retenue, vous imaginez ce qu'il en sera des femmes, de tous les règnes à l'évidence le plus animal.

J'espère seulement que vous me défendrez, lorsqu'elles m'assailleront. N'ayez crainte. Je ne me montrerai pas ingrat, vous aurez votre part.

Je me gardais de mépriser mes compagnons mais ces préparatifs me semblaient appartenir plus aux bidasses que nous étions qu'au grand peintre-architecte-philosophe-amoureux que je rêvais de devenir.

– Oh, évidemment, toi, avec tes ruines, comment veux-tu parvenir à quelque chose auprès des femmes ?

Ils étaient très gentils, mes petits camarades, ils adoraient mes dessins mais leur attention s'arrêtait là, ils les accrocheraient au mur, pour égayer leur chambre, entre des photos de bateaux, des daguerréotypes du vieux Marx à Deauville. Peut-être, d'ailleurs, ne valaient-ils pas mieux, mes coloriages. Je devais être le seul à y reconnaître, dressé par un tout jeune homme, le plan d'une vie entière.

Je ne doutais de rien, à l'époque.

L'Ambition m'habitait d'élever à mon tour une sorte de Carthage, de construire d'ombres et de lumières, comme une ville, pierre à pierre, mes amours à venir.

Une sorte de bâtisse immense et folle, patiemment, uniquement édifiée pour les envoûter. Le charme m'était, par naissance, refusé ; j'agirais pour qu'en mon territoire il devienne nécessaire, je retrouverais à force de travail acharné, souterrain, l'élégance désinvolte des jeunesses à héritage.

J'apprenais par cœur l'existence craintive des tyrans, comme eux j'allais bannir tous les libres parcours, les baguenaudes, les promenades à l'écolière, les rencontres d'aventure, je connaissais l'art de dresser d'imperceptibles pièges, d'orienter les chemins, de fausser les pancartes, de mener vers ma chambre les plus farouches, je savais les routes qui glissent et penchent, les escaliers qui interdisent le retour et rendent consentantes les plus fières, tellement dociles à la moindre caresse, seulement suggérée, à l'oreille, au creux du poignet, quand il fait clair, oh mon Dieu, clair, si clair sous la lune.

Mes oubliettes étaient percées, j'attendais de l'Orénoque quelques anacondas féroces, quelques sauriens avides pour dévorer mes rivaux, les autres séducteurs aventurés par erreur sur mes terrains de chasse et dont j'imaginais déjà les longues plaintes de repentir.

Ils me disaient souvent, mes compagnons, ils me suppliaient de me presser :

– Allons, Sébastien, ton château est beaucoup trop grand, tu n'en pourras jamais construire de semblable et puis les armées ennemies avancent, je le tiens du cuisinier, tu n'auras pas le temps d'achever tes folies, viens fêter avec nous nos victoires...

C'était vrai. Doucement avançait mon labeur, mais je ne pouvais accélérer : les pièges ne gardent leur pouvoir qu'à certaines conditions d'humilité, de patience, comme si la plus complète tyrannie requérait la plus totale soumission aux méandres du temps, comme si le camouflage devait gagner la vie même du despote, l'effacer lentement de son affût ou de sa tour de guet, l'amener presque à s'éteindre parmi ses fleuves, ses rocailles, ses cascades, ses musiques d'ambiance et ses jardins d'attente.

Encore un jour ou deux, trois, peut-être, je n'aurais bientôt plus qu'à suivre la pente, bientôt ce serait la descente vers le Pouvoir, vers les Amours, j'oublierais tous mes efforts, je n'aurais même plus besoin d'apprendre la danse.

Quand on sonnerait à ma porte, des étoffes de Madras ou Shantoung me tomberaient sur le dos et cacheraient mon corps malingre, des orchestres derrière des voiles de tulle commenceraient de jouer d'agaçantes mélopées, mes tiroirs se rempliraient de lingeries audacieuses, ajourées et noires, mon système de miroirs à grossir les seins de mes captives se mettrait en marche tandis que divers parfums obliques, empruntés à Thibaudet, envahiraient les salles pour me redonner vigueur, mystère, violence.

Cheminant vers elle, d'un pas souple et félin bien sûr, je choisirais parmi tous les mots du lexique ceux qui définitivement me l'attacheraient, les phrases les plus tendrement conquérantes,

puis je la mènerais dans ces réserves que je me serais fait construire, ces dictionnaires vivants,

vergers,

viviers,

chenils,

harems ;

je ne savais encore quel nom donner à ces charmants enclos.

Le sommeil allait, venait.

Je m'obstinais, je n'ouvrais pas les yeux.

Maintenant les murs et mon lit tremblaient, des morceaux de plâtre me tombaient sur le nez, sur les joues. Une simple erreur. Je ne perdais pas espoir. Un mauvais rêve allait finir. Puis ce serait comme à l'accoutumée un éveil calme et routinier sur lequel pourrait peu à peu, en toute quiétude, se bâtir le jour. Ce dernier jour, monsieur le bourreau, ce simple jour que je réclamais pour achever mon entreprise, dont je tentais de me rappeler les premiers instants, leur enchaînement précis, comme s'il dépendait de ma seule mémoire que le monde se calmât soudain et reprît son cours habituel.

Vers cinq heures, la lumière s'allumait dans la cage du Surveillant. Une mince fumée traversait le dortoir, précédant d'infimes vapeurs d'huile et de soufre et de mèches suiffées trop rapidement brûlées. Après de brèves ablutions, son souffle était court, nous frissonnions pour lui, l'eau semblait glacée, nous entendions pendant quelques instants le pieux cliquetis du rosaire sur les dalles puis le baiser final, rapide, distrait, timide sur le crucifix que nous savions de cuivre, que secrètement nous espérions rongé de vert-de-gris par tant d'humides effusions, chaque matin, juste avant l'aube, et depuis des années. Mais chaque matin nos souhaits étaient déçus, le jeune loyoliste ne s'effondrait pas en râlant sur le carreau.

Il ouvrait tranquillement les fenêtres.

Les pigeons, les chauves-souris, les pélicans et quelques grands oiseaux gris, peut-être des flamants ou bien des fantômes de la philosophie hégélienne, je ne savais, les mouettes aussi, enfermées par mégarde, réfugiées pour la nuit sur les rayons de la bibliothèque, s'envolaient vers le parc.

Dans le silence des plumes qui glissaient vers nos lits, nous guettions tous l'avancée lointaine, assourdie de la mer,
comme à notre rencontre.

Depuis longtemps déjà, les gîtes de l'ombre, entrouverts un moment, s'étaient refermés. Nos luttes, nos recherches, nos amours du soir étaient finies, nous avions regagné nos demeures, épuisés, penauds, craintifs de la colère divine, le cœur plein de promesses, demain, Seigneur, je vous jure,
nous serons sages.

Et le surveillant n'y voyait que du feu.

Quand il arrivait, toujours un peu trop tard, à cette heure amère du remords où le jour se lève, nous dédiions à la Sainte Vierge de chastes prières bleu et or, il pleurait presque, le brave jeune homme, d'émotion, mais surtout, c'était là l'important, le Père Supérieur y tenait beaucoup, quand il arrivait, le bon jeune homme, il n'y avait plus qu'un élève par lit, ainsi qu'il est inscrit, dans les règlements de ces collèges huppés, pour rassurer les parents.

Mais nous préférions imaginer que seul dans sa chambrette il rêvait à nos débauches dont il percevait sans doute les discrètes rumeurs. Peut-être était-il nu sous sa soutane et se caressait-il en marchant devant nous. Il devait se fouetter, porter la haire et le cilice, pour le salut de nos âmes, pour éloigner de lui ces songes lascifs. Et son sang s'égouttait lentement sur le parquet, nous avions souvent remarqué en nous levant ces longues traînées rougeâtres que les matous du voisinage venaient lécher.

Parfois, les jours de grand vent, sa lanterne s'éteignait et le dortoir n'était plus éclairé, d'instant en instant, que par des lueurs inquiétantes venues de sa chambre lorsque les rideaux battaient, comme les occultations d'un phare brusquement déréglé qui n'indiquerait en rien la route, qui vous laisserait libre au milieu des périls, libre de vous guider au bruit du ressac, au chant des courlis, aux forces imprévisibles et fantasques du courant.

Tout sommeil m'avait quitté.

Mais je n'ouvrais pas les yeux.

– Voyons, monsieur Sébastien, ne faites pas l'enfant, réveillez-vous, il n'est plus temps de rire. Prenez vos affaires et fuyez.

– Que se passe-t-il ? Ce cher Thibaudet a vendu la mèche ? Je suis renvoyé ?

– Il n'est pas question de Thibaudet, j'aimerais d'ailleurs bien savoir..., enfin, ce n'est plus l'heure, les chars ennemis encerclent le collège et nos murailles ne sont guère solides. Et puis n'oubliez pas, cette institution était presque militaire, s'ils vous capturent et devinent votre nom...

– Et mes dessins ?

– S'ils étaient dans l'Etude, ils ont brûlé avec elle. Habillez-vous vite. Vous passerez par la chapelle. Ensuite, à vous de choisir, voici l'adresse de quelques amis, un peu partout en France, le plus simple est, je crois, de courir au rivage, un voilier vous y espère peut-être encore.

Je ne redoutais pas trop les prochaines heures : la mer a des rituels que l'on se doit de respecter.

Mais plus tard, de retour sur la terre, l'air libre, comment serait-ce possible, sans mes dessins, sans mes remparts ?

– Jouez-vous au Tric-Trac, mon jeune monsieur ?

Je n'osai pas tout de suite lui répondre.

Je tâchais de me souvenir.

Des recommandations que l'on m'avait faites et que j'avais oubliées, durant le voyage, peut-être au début, lorsque les chiens m'avaient un moment poursuivi ou bien après, en m'approchant de la rade, tandis que étonné du calme qui régnait sur la mer, je suivais des yeux le bateau gris de Molène qui rentrait au port, comme si de rien n'était, peut-être alors, de surprise, avais-je tout oublié.

Il dessinait sur son buvard d'interminables chimères, sans hâte, changeant plusieurs fois de couleurs, tantôt elles semblaient danser, rouges et bleues, autour d'un feu, tantôt noires elles attendaient la mort, de grosses larmes vertes leur tombaient des yeux.

Il ne s'occupait plus de moi, il n'avait pas relevé la tête depuis le début, depuis qu'elle m'avait introduit dans le bureau.

Elle m'attendait à la grille du parc.

Je l'avais suivie sous des verrières à demi brisées, écartant au passage les plantes qui me griffaient, s'attachaient à ma veste, à mes cheveux, je la perdais souvent de vue, mes mains saignaient. Elle portait une robe à dix-neuf boutons en comptant celui que la guipure du col devait masquer à mes yeux et par lequel si jamais, au cas où... j'aurais dû commencer. Puis c'étaient d'immenses couloirs sans charme, ocres ou marron, ornés de glaces, d'horloges arrêtées, me semblait-il, ou bien réglées à d'autres heures que la nôtre, surtout de trophées de chasse aux pointes acérées qui garnissaient aussi le plafond, recouvrant de curieuses peintures de lacs et de fêtes galantes, à ce que j'en pouvais reconnaître au travers des ramures.

Nous marchions depuis déjà longtemps, la maison paraissait encore durer, s'étendre, se ramifier, de part et d'autre des galeries que nous empruntions, au-delà des tentures qui cachaient de larges portes et quelques fenêtres assaillies elles aussi par les végétations d'un autre jardin,
intérieur.

Je parlais de ces jardins en enfilade.

Elle ne répondait pas à mes questions.

Elle se retournait vers moi en souriant.

Je n'avais pas le temps de compter, mais ce n'étaient pas des boutons, plutôt des boucles, quinze ou seize, sur le devant de sa robe, plus une épingle, tout au bas.

Quand je lui demandai son âge, elle se retourna complètement, et me tendit la main, avant de pénétrer dans la dernière galerie.

Les lumières s'étaient *éteintes, seules* demeuraient éclairées les vitrines, souvenirs de l'autre guerre,

l'arrivée des Anglais sur le rivage de France,

Mon sabre brisé à la bataille d'Ypres,

> Le Maréchal Nivelle me félicite
> et brandit mon arme au front des troupes
> (photo Keystone)

Le plan des Dames

isolée, cernée de crêpe
noir, ma mère, qui refu
sa de se donner à l'ar
mée de Uhlans qui frap
pait à sa porte qui pr
éféra la mort le 18 ju
in de l'année 1916

Je ne pouvais tout retenir, nous cheminions trop rapidement dans les allées du musée.

Elle me précédait. Au sommet de sa bottine, j'apercevais un peu de sa jambe, elle avait entouré sa cheville deux fois, le reste des lacets battait contre le cuir, mat, et souple, comme on n'en fait plus maintenant, on en a perdu le secret ou bien simplement le désir.

Elle s'était penchée vers moi, pour me sourire et me caresser la main, très lentement, nous étions arrivés parmi les drapeaux, en face de Rethondes,

son célèbre wagon

ses
cloches
à toute v
olée, volée, vo

et son air de Victoire.

D'abord je n'avais pas eu l'audace de lui embrasser l'oreille, de l'inviter à danser.

les troupes alliées
défilant
sur la plus belle a
venue du Monde su
r les Champs sur le
s Chants sur les Ch
amps sées
ELY

Associated Press Photo

On entendait *Sambre et Meuse* et *Madelon* dans le lointain, derrière les rideaux, un disque sans fin, qui grattait.

– Monsieur habite là.

Elle ouvrit la porte.

Il avait changé de buvard avec précaution, la tête courbée, que je ne puisse surprendre son regard.

Sur la nouvelle feuille verte, il dessinait maintenant des murailles tout au long de la France et de grandes tours de guet,

– Pour si l'Anglois nous attaque, comprenez-vous ?

Je tentais toujours de me souvenir si c'était bien là le code, si cette curieuse personnalité appartenait vraiment à la Compagnie. N'allait-il pas me trahir, me livrer aux geôliers ? Et sa carabacène témoignerait de mes coups d'œil lubriques, de mes gestes un peu trop précis,

sans vergogne aucune, monsieur le Commissaire,

au cœur même du Mémorial,

qu'elle avait pu heureusement réprimer, sévèrement.

– Je ne joue qu'au Passe-Dix, au Quinquenove. Je connais aussi le Mistigri, l'Hombre et ses nuances, le Quinola, la Manille, les Jaquets, le Matador, la Sonica, mais, pardonnez-moi, monsieur, j'ignore le Tric-Trac.

Relevant alors mon jeune visage, l'air aussi intelligent et pur qu'il m'était possible à cette heure de ma vie,

– je suis prêt à l'apprendre, monsieur, dès qu'il vous plaira de me l'enseigner

– Dommage, dommage.

Allez ouvrir, ma fille, nos invités arrivent. Et prenez

donc le landeau, il fait bien long marcher jusques aux grilles du parc dans une nuit pareille.

Dommage, vous auriez pu vous joindre à nous, nous dire chaque soir les progrès de votre enquête. C'est un travail sur Vauban, n'est-ce pas ? Je crains qu'il ne reste rien du fort que le Maréchal avait tenté de bâtir sur les rocs de Mengam, la mer n'en a rien laissé. Mais promenez-vous vers la pointe du Minou, poussez jusqu'à Saint-Mathieu, visitez le château de Bertheaume, on savait se défendre, en ce temps-là, contre les périls venus de mer, le Maréchal, votre ancêtre, je crois, l'a magnifiquement démontré.

Mes amis et moi vous aurions écouté avec beaucoup d'attention, nous sommes plus, voyez-vous, de cette époque lointaine, de cette fin du Moyen Age glorieuse pour la France, nous nous sentons plus proches des heures de Turenne que des temps qui courent aujourd'hui, de nos armées qui reculent, de nos fronts qui se baissent.

Peut-être retrouverez-vous également, sous les ronces de Crozon ou de Telgruc, l'énorme muraille que les Romains élevèrent contre l'envahisseur calédonien.

Mais enfin il n'est plus temps de vous apprendre, l'Ennemi ne va plus tarder maintenant et le Tric-Trac n'est pas un jeu pour les mois de guerre, il ressemble trop au combat, il révèle trop de vous pour ne pas attirer des myriades d'espions surtout si, comme moi, vous occupez dans la Compagnie une place obscure mais prépondérante, aux marches du Royaume quand la menace d'invasion se fait chaque jour plus pressante.

Non, veuillez me croire, ce n'est pas de la mauvaise volonté ou une particulière méfiance envers la jeunesse. Vous ne saurez jamais à temps les subtiles tactiques des carmes et des quintes. Autant vous laisser à votre ignorance. Et puis en cas d'arrestation, votre fardeau sera moins lourd, moins pénible, moins honteux à trahir, il paraît, vous savez, il paraît qu'on ne peut leur résister, aux jeunes soldats blonds qui s'avancent vers nous.

Il me tendait une main rose et potelée, tachée de brun, comme celle d'un vieillard, mais je ne pouvais pas lui donner d'âge.

– Dans ces conditions, pénibles pour moi, croyez-le bien, peut-être n'est-il pas très utile que vous reveniez ici chaque soir.

Je suis mal vu, au village, on murmure sur la grandeur de mon parc, sur la forme symbolique, imaginent-ils, de ma demeure. Ils se demandent de quel bord je suis, de quel côté je vais pencher. Ils ne sauront jamais à quoi j'emploie mes loisirs. Mieux vaut vous tenir éloigné de ces disputes mesquines, inévitables dans la cruelle attente que nous subissons.

Donnez-moi votre feuille de route, je vais la signer pour les deux semaines à venir.

D'ici là...

D'ici là, profitez-en.

Amélie vous plaît.

Ne mentez pas, j'ai remarqué. Et je vous comprends.

D'habitude mes invités mettent entre dix-neuf et vingt-huit minutes pour venir des grilles du parc jusqu'ici. Encore l'homme de la plus grande lenteur, de la presque demi-heure s'était-il attardé devant mes vitrines. Commandant le 32e de ligne aux âpres combats de l'Yser, il y avait perdu une jambe. Ce qui excuserait, d'ailleurs, d'autant plus son retard.

Mais vous, ce n'est pas la même chose, vous semblez en bonne santé et très capable de courir, s'il le faut. Comment avez-vous pu cheminer si longuement dans mes galeries ? Je les connais, pourtant. J'en ai fait retirer toutes les banquettes, il n'est plus possible de s'appuyer aux murailles garnies de piques et de bois de cerf, vous l'avez pu noté, en passant, le sol est froid, hérissé d'échardes, parsemé de taches humides et vertes que je demande instamment de laisser en l'état.

Je ne sais ce que vous avez commis ensemble, Amélie et vous, jeune homme, ni de quelle inconfortable manière vous l'avez appréciée.

Je ne veux point le savoir.

Je passerai sans doute le restant de ma vie à ruser avec l'oubli. Amélie, comprenez-vous, il me semble bien l'aimer.

Alors, dans cette enveloppe, je vous donne également l'adresse de sa cousine. On la dit fort belle et blonde et mesurément farouche. Parlez-lui de moi, d'horreur elle pourrait se jeter dans vos bras.

Les pas que l'on entendait depuis quelque temps s'étaient brutalement arrêtés, sans doute devant Rethondes. Il faisait bon se rappeler la Dernière, la der des der, quand ces boches arrogants avaient signé devant nous, leurs vainqueurs.

La musique me redevint perceptible,

En passant par la Lorraine,

mais il se pouvait que je confonde.

– Et peut-être un jour lirez-vous Baizac. Vous comprendrez alors, après bien des lectures, comme madame de Mortsauf aimait le Tric-Trac, qu'il n'est guère d'autre raison de son admirable constance.

Il me poussa vers le jardin, par une porte dérobée. Nous nous approchâmes du balcon.

– Une dernière chose, peut-être. J'ai surpris vos regards, jeune homme, en direction de ma bibliothèque. Ne tirez pas de trop hâtives conclusions de mes rayons déserts. Moi aussi, autrefois, il m'arrivait de lire.

Mais j'ai refermé peu à peu tous les ouvrages, disons secrets, ceux qui repoussent à plus tard, toujours plus tard une élucidation complète, vous savez les œuvres de pressentiment et de pari, les poèmes que l'on dit hermétiques parce qu'ils sont de juste avant l'ombre. Il me semble que ce temps qu'ils requièrent, d'attente et de guet, je ne le vivrai pas. La mort a ces jours-ci, sur nos rivages, plus d'empire encore que de coutume.

Vous verrez par vous-même, dans le quotidien, des atteintes imprévisibles, des vagues de sable ou de poussière, imperceptibles.

Et je ne parle pas de la seule mort physique.

Enfin, vous verrez, jeune homme.

Il m'indiqua le chemin de l'hôtel. La dernière lueur pourpre avait disparu. La mer se fit sombre. Puis noire. On avait masqué tous les phares.

La Trêve n'était pas encore tout entière paraphée.

Du moins, *le Petit Bleu des Côtes du Nord* n'en avait-il rien dit.

C'était une drôle de saison.

Drôle comme on dit de la guerre lorsque les morts y sont moins nombreux qu'à l'accoutumée. Une mutinerie diffuse, un refus général d'avancer, de choisir, de tirer. Entre les deux vagues du conflit, entre les deux campagnes. Une sorte de sursis, de soudaine retenue du temps, de paresse des hommes à forcer le cours des choses, surtout sous les premières chaleurs, qui les accablaient, qu'ils faisaient mine de respecter, de redouter, comme une interdiction religieuse de travailler, de remuer la terre, de creuser eux-mêmes dans le sol leurs défenses, comme s'ils reconnaissaient à l'Ennemi une appartenance magique aux forces du Destin. Comme s'ils ne lui devaient ni l'enthousiasme ni la haine, mais seule une sourde allégeance et qui n'excluait pas certaine gaieté.

Mai.

D'habitude, on travaillait à cette époque. Mai 40, la France se trouvait avant l'heure en congé. Les jours les plus longs de l'année s'étiraient encore peu à peu vers l'été : les premières vacances qui ne déclinaient pas, ne basculaient pas dès juillet vers l'ombre de septembre et les nuits de la fin août, à neuf heures déjà tombées.

Tous les examens avaient été reportés. Jusqu'en octobre ou novembre, personne ne savait. De toute façon, les jurys se montreraient particulièrement indulgents, même les professeurs comprenaient qu'on n'eût pas le cœur à réviser, dans de telles heures dramatiques, les solénoïdes, on s'en fichait comme de l'an quarante, dont on fêtait justement le 1900e anniversaire. Les étudiants continuaient d'arriver, munis ou non de leurs parents, et des voitures de leurs parents, des Renault, souvent des Citroen, qu'ils ne prenaient pas le temps de décharger, ils filaient aussitôt vers la plage, trois matelas sur le toit, des oreillers sur les phares, il semblait se préparer à l'heure du bain une énorme bataille de polochons dont on apportait de Paris les munitions indispensables.

C'étaient aussi des pratiques curieuses que les parents ne sauraient jamais.

On séduisait une fille peu farouche, et guère frileuse. On la prenait par la main. On lui demandait d'ôter ses chaussures pour ne pas rayer la carrosserie. Elle montait sur le marche-pied, sautait sur le capot, s'allongeait enfin sur le toit dunlopillé où l'on venait la rejoindre.

Alors l'ami un peu pervers (ou très patient, on échangeait parfois les rôles) qui acceptait de conduire, démarrait lentement et s'engageait de plus en plus vite dans des chemins déserts au cœur de la lande. Bientôt rejoints par d'autres noires limousines dont les impériales s'animaient jusqu'au matin de soupirs, de cris sauvages, de rumeurs d'étoffes que l'on froisse ou déchire, d'éternuements à fendre l'âme dans la brume matinale.

On passait souvent, paraît-il, dans des prairies

fraîchement taillées, tout au long de la baie. On était lacéré, déchiré par les épines et les branches, trempé par les embruns, lapidé par des graviers que les paysans, brutalement réveillés au vacarme de la ronde, lançaient en rugissant sur les voitures, les matelas se déchiraient, on saignait depuis déjà longtemps, les plumes se collaient aux plaies, on leur demandait de lécher, elles s'étouffaient, on en profitait d'une manière ou d'une autre.

Puis, trop fatigué pour continuer soi-même la lutte, on appelait le copain du dessous. On prenait le volant, on fonçait vers les ajoncs les plus menaçants dont les fleurs jaunes se tacheraient à leur tour de rouge.

Certaines filles, de nostalgie que ces fêtes s'arrêtent quand l'essence vint à manquer, ne purent jamais, dit-on, prendre mari.

Tous les hôtels, les uns après les autres, s'étaient ouverts.

Flottaient dans les ruelles des rumeurs de quinze août, d'énormes éclats de rire sur les terrasses quand s'effondrait un plateau, ou des fureurs demi-feintes lorsque l'attente se prolongeait pour trois fois rien, pour un simple pastis, une araignée mayonnaise, à croire qu'ils la fabriquaient, patte par patte, derrière le comptoir, on s'interpellait de table à table, on se prenait à témoin. Parfois un nouvel arrivant demandait à voix trop haute des nouvelles du patron. Un silence un peu gêné lui répondait, tous les clients le foudroyaient du regard, lui montraient une chaise, qu'il s'asseye et bouffe, et rigole, comme tout le monde, sans penser plus loin. Les patrons avaient fui. Des jeunes filles avaient pris la relève, un peu partout, dans beaucoup d'hôtels de la Promenade. Alors on se montrait indulgent, on se levait pour les aider, pour desservir, même que les légitimes en restaient comme deux ronds de flan, ces ardeurs soudaines de leurs époux pour les labeurs ménagers, elles n'avaient jamais vu cela. On causait avec elles, ces fraîches enfants du pays, on trouvait tout délicieux, vraiment irréprochable, et l'on en profitait un peu, dans la cuisine, des caresses, des baisers, des propositions trop rapides et trop nombreuses pour qu'elles y prennent garde mais point assez discrètes pour qu'elles ne gloussent pas un peu trop fort. Au retour, dans la grand-salle, les quolibets fusaient et l'on se tournait compatissant vers l'épouse du présumé coupable et l'on buvait à sa santé, quelle chance elle avait d'avoir si drôle compagnon, si gai luron, vous ne devez pas vous ennuyer, allez, il devrait faire du théâtre,

et l'on apportait les fromages, des camemberts bretons à couleur de plâtre, à goût de plâtre, à souvenir de plâtre, longtemps après dans la bouche, mais appelés camemberts, on se demandait pourquoi, par quelle ruse, par quel camouflage linguistique et malhonnête.

Assis seul à ma table, j'hésitais, comme au bord d'un manège. Ne pouvant me joindre tout à fait à la gaieté générale. Retenu par ces années d'internat, ces exemples impassibles qu'on m'avait toujours proposés, ces raideurs anglaises admirables jusque dans l'ivresse, les victoires discrètes, un sourire si l'on perdait, au tennis ou sur les greens de golf, le naufrage du Titanic, la chorale jusqu'aux derniers instants, les pieds dans l'eau, chantait plus près de toi mon Dieu.

Je me demandais ce que fair play voulait dire, dans les choses de la guerre, s'il était vraiment convenable d'accepter ainsi dans l'allégresse la supériorité de nos voisins allemands.

Un peu avant trois heures, je quittais le restaurant et m'avançais vers la plage, comme à tâtons, durement frappé par le petit côtes-du-rhône et le soleil de la fin mai.

A trois heures juste, les régates commençaient.

Les canons du Yacht-Club depuis quelques jours se taisaient. Etant donné la situation, un arrêté municipal les avait interdits. L'Ennemi aurait pu confondre. Croire aux prémices d'une résistance farouche. Et ne pas distinguer immédiatement le pavillon blanc que le Conseil de la Ville hisserait bien vite. Une moitié de Brest serait ainsi détruite, pour une stupide erreur. Peut-être un obus tomberait-il rue de Siam, sur l'une ou l'autre des Maisons, célèbres dans le monde entier. D'imaginer les filles sortant demi-nues des décombres glaçait de honte et d'effroi toute la population.

Les départs de régates se donnaient maintenant aux sons de la cloche d'une église voisine.

Chaque jour, vers trois heures, aux premières notes du carillon, les cultivateurs arrêtaient leurs travaux, s'agenouillaient sur le sol, murmuraient pour la France, mère des arts et des lois, psalmodiaient deux ave, un pater, puis bondissaient sur leurs sabots et couraient vers la côte assister au début de la course.

Sur l'eau, par vent d'ouest, aucun équipage ne pouvait entendre le signal. Les sharpies franchissaient la ligne un peu au hasard, suivant les cris qui venaient du rivage et les grands gestes du président qui agitait sa casquette, lorsque avait sonné ce faux angelus.

La flotte s'en allait alors lentement louvoyer vers les Fillettes puis elle descendait au sud virer la Basse

Vieille. Quand au largue les bateaux revenaient vers Pen Hir et la pointe du Toulinguet, les esprits avertis des logiques de la mer pouvaient déjà prévoir le vainqueur.

Installé sur la dunette officielle, j'aidais aux pointages.

Parfois la régate s'étirait jusqu'au crépuscule et nous devions attendre de longues heures, le président et moi, le retour des voiles perdues dans le lointain, vers les Vieux Moines ou la balise du Lys, attendant la brise. Nous parlions des débuts du yachting et des vagues déferlantes au large de l'île Horn,

si j'avais votre âge, aimant la mer comme vous l'aimez, je continuerais la guerre de là-bas, ils ne songeraient jamais à vous y retrouver, vous pensez, la Terre de Feu... De temps en temps vous lanceriez un message historique, un poème, un roman qui nous aideraient à supporter le joug. Et les combats achevés, on vous nommerait ministre, vous auriez le prix Goncourt et toutes les femmes à votre bras. Quittez la France avant la Honte, Sébastien, nous sommes de la même race, nous aimons trop scruter l'horizon pour accepter sans rechigner de baisser le front.

Depuis quelque temps, c'était toujours la même chose, il me suffisait de regarder un adulte droit dans les yeux, de lui raconter n'importe quoi, la vie sentimentale de Tocqueville ou l'étiquette du Royal Thames, et voilà, j'étais baptisé héros, aventurier, homme de grand avenir par la cape et l'épée

– et je m'y connais, mon jeune garçon, je ne me suis jamais trompé sur personne. Prenez Paul Reynaud, par exemple, j'ai depuis vingt ans prévu les malheurs qui nous accablent aujourd'hui : il est venu naviguer une fois ici, son regard ne m'a pas plu, c'était assez pour me faire une opinion que les événements actuels vérifient malheureusement chaque jour.

Je me taisais, j'étais flatté.

Moi qui ne songeais pour relever mes finances qu'à faire chanter les honnêtes gens.

Nous nous rencontrions au bar du Club.

East Saint-Louis Toodle O O.

Ils étaient jeunes et riches, portaient gilets grenat et chaussures blanches. Ils étaient ceux qui venaient depuis vingt ans, chaque été, habiter la Grand-Rade, ceux des Requins, des Dragons, d'autres bateaux encore plus longs et bas sur l'eau, ils se disaient étrangers, Argentins pour la danse, Anglais pour le sherry et Français, bien sûr, pour aimer, mais ne confondez pas, Français de la Belle Epoque, d'avant 36, d'avant la populace répandue sur les plages, d'avant ces congés stupides.

Quand leurs compagnes arrivaient,

Ridin' on a Bluenote

Sophisticated Lady

Mood Indigo

Prelude to a Kiss,

c'était le seul défaut d'Errol, le pianiste, il aimait tant Duke Ellington qu'il ne parvenait pas à choisir,

il nous clignait de l'œil,

– une toute récente, d'août 39, vous vous rendez compte ?

The Sergeant was shy

puis

Ducky Wucky
et nous dansions.

J'étais adopté, ils m'invitaient partout. Aux petits déjeuners masqués, sur les rivages de Molène. Nous abordions haletants et fiers d'avoir navigué ainsi, au petit bonheur la chance, au milieu des mines qui barraient le chenal. Je m'occupais du feu. Comme la fumée pouvait nous désigner aux gardes, souvent il nous fallait changer d'île, aller chercher ailleurs d'autres lieux plus propices à l'Earl Grey du matin,
trois cuillerées,
relevé d'Orange Pekoe,
une infime pincée.

Alors, après les toasts, commençaient le croquet ou le jokari pour les filles, le mud rugby pour nous, les hommes.

Je les regardais, ils couraient dans la vase, s'étranglaient dans les herbiers, se lançaient au visage, en dépit du règlement, d'étranges araignées molles, c'était la période de la mue. Je guettais leurs caresses discrètes, au sein des mêlées. Moi je demeurais allongé dans un ruisseau ou dans une mare, tâchant de guérir une imaginaire foulure, ils m'appelaient pour l'estocade, je transformais l'essai, elles m'applaudissaient, de la touche, et je clopinais en grimaçant vers d'autres petits étangs où dormir au calme, encore un peu.

On me réveillait toujours pour le déjeuner.

– Vous partagerez bien l'ordinaire ?

Les Saint-Jacques à la nage étaient si bonnes, je n'écoutais qu'à moitié les cancans, les murmures sur l'avance ennemie, Verneuil, Alençon, Domfront, on

calculait les jours, la vitesse des chars, quand seraient-ils ici ? On se tournait vers moi.
– Et vous, Sébastien, s'ils nous occupent, de quel bord serez-vous ?
Je baisais la main de la maîtresse de maison pour ce merveilleux repas, elle se disait confuse, elle aurait bien voulu, ça fait tellement plaisir un jeune qui sait apprécier la grande cuisine, mais la Mousse Saint-Benoît d'Hébertot, c'était presque un secret de famille, elle ne pouvait vraiment pas m'en livrer la recette.
– Ou peut-être plus tard, Sébastien, nous sommes appelés à nous revoir, n'est-ce pas ?
Je ne savais pas. Ou du moins j'étais sûr de ne jamais sauver mon pays mais j'ignorais de quelle manière j'allais tirer parti de sa défaite.

Chaque après-midi, nous sacrifiions à la sieste, sous d'immenses tentes, grises pour nous et bleues pour nos compagnes, la morale était sauve. Nous dormions là quelques heures, bercés par le ressac et les cliquetis du Mah-Jong, les dames y jouaient avec fureur, cet été-là, et leurs disputes nous ravissaient, nous guettions leurs insultes, portées par le vent, certaines étaient jeunes, la quarantaine ou moins, nous rêvions de les forcer à quelques noires pratiques, qu'elles refuseraient un moment, juste assez pour nous griffer, nous abreuver d'injures, la réconciliation, hélas, viendrait trop vite,
– Mais, Sébastien, vous parlez de nos mères, vous êtes ignoble !
– Oh évidemment, toi, ta mère, personne ne connaît, Sébastien comment, d'abord ?

Pour de telles songeries, ils me soupçonnaient brusquement d'être juif.

Je leur faisais remarquer la blondeur de mes cheveux et mon nez, surtout mon nez, redressé vers le ciel.

– Ça ne veut rien dire tout cela, la médecine a fait de tels progrès, il paraît que certains chirurgiens, chirurgiens esthétiques on dit, vous fabriquent de l'aryen sur commande, avec des nez parfaits, et retroussés vers le haut, juste comme le tien, Sébastien, alors tu vois...

Mais les musiciens arrivaient, nous nous apprêtions pour la danse, cheveux laqués, chaussures ferrées, moustaches postiches et paupières de velours. Les binious commençaient pour nous, sur les falaises de la baie d'Ys, d'interminables tangos.

Les habitants de Crozon, timidement, le dimanche, venaient écouter, esquisser quelques pas, quelques chaloupes maladroites, malgré les gendarmes et les prêtres qui dressaient contravention pour ce monde ou bien l'autre. Les danses étaient bannies du Royaume jusqu'à nouvel ordre, vu les circonstances.

Pourtant de vieux généraux de l'autre guerre, des âges où l'on savait mourir pour la Somme ou pour Douaumont, se mêlaient aux jeunesses. Membres de l'Action française, ils avaient été excommuniés presque en même temps que le tango. De marches de protestations en libelles vengeurs contre Sa Sainteté, de Bastille à République, tangophiles et maurrassiens s'étaient découvert un combat commun. On se souriait, on s'invitait, les Argentins venaient à la Revue, les généraux s'aventuraient dans les bals, murmurant en dansant la bonne parole royaliste et les femmes jeunes ou vieilles, comtesses du faubourg ou grisettes des boulevards, souvent les giflaient, ces vieux militaires,

enfin voyons, « venez chez moi, j'ai retrouvé Louis XVII, je vous montrerai les preuves » était-ce si différent de la célèbre collection d'estampes japonaises ?

C'était toujours ce moment que je choisissais pour dérober leurs décorations, ça pourrait servir un jour ou l'autre, les épingles rouillées perçaient mes poches et me rentraient dans la cuisse mais je n'en laissais rien paraître et le soir, je désinfectais soigneusement, à l'eau de lavande, ces premières blessures de guerre.

– Vous ne dansez pas, Sébastien ?

Elles faisaient mine d'en être désolées mais elles frissonnaient à mon approche, comment, vous nous préférez, nous, les demi-jeunes, les presque vieilles ?

Ah il est vrai qu'aujourd'hui nous avons la compagnie de la belle et très mystérieuse Virginia. La pauvre, hier, s'est blessée, elle ne veut pas nous avouer de quelle manière. En tout cas, elle ne peut plus valser. Vous ne vous connaissiez pas, je crois ?

Ma chérie, je te présente Sébastien, c'est notre érudit, notre conteur, il nous enchante d'anecdotes historiques, sans rapport aucun avec notre époque, ça nous distrait de ces lourds nuages qui s'amoncellent et vont nous gâcher l'été. Si tu savais ce que Vauban eut de mal avec les Anglais. Dire qu'ils sont nos alliés ; maintenant, je me méfie.

Elles me tendaient une tasse de thé au jasmin dont les fleurs jaunes surnageaient à peine, un rien les aurait fait sombrer, pour cette raison humanitaire, je n'acceptais jamais de sucre.

Elles me parlaient de leurs fils, comme à l'accoutumée.

C'était inquiétant, ils ne travaillaient plus, ne lisaient plus, ne songeaient qu'aux filles et aux voitures. Pour les aider, il faudrait quelqu'un comme vous, Sébastien, un passionné, timide et tendre, un homme curieux du poids du temps.

J'étais plutôt flatté, ce portrait, à y bien réfléchir, m'avantageait. Mais en pure perte. Virginia ne nous entendait pas. Elle regardait finir la danse.

– Mais j'y pense, vous cherchez un emploi, n'est-ce pas ? Si vous deveniez leur précepteur ?

– Ils n'accepteront jamais, madame, j'ai le même âge qu'eux.

– Justement, pas un maître officiel, derrière une table avec une longue baguette. Non une sorte de, comment dire ?, péripatéticien, de précepteur-chemin-faisant. Vous parlerez de jazz et d'amour, des sujets qu'abordent les garçons de vingt ans, je ne sais pas, moi. Et puis de temps en temps, pendant la régate, en jouant aux cartes, vous leur glisserez discrètement des récits de bataille. Comme celle de l'autre fois, vous vous souvenez ? Le 18 juin, cette brume, soudain, sur Camaret et la joie de votre ancêtre, la France était sauvée. La brume, ça leur plaira sûrement, ils adorent les déguisements, les camouflages, tout ce qui les peut cacher.

Alors, c'est entendu ? A partir de cette heure même, vous êtes leur précepteur secret. Surtout, il ne faut pas qu'ils s'en rendent compte, ils seraient capables de vous tuer, comme ce malheureux jeune homme, l'année dernière, il était hollandais ou danois, je ne me rappelle plus. Quelle importance, d'ailleurs ?

Je n'arrivais plus à contenir les battements de mon cœur. Une vague d'orgueil et de mâle fierté me bouleversait : pour la première fois de mon existence, j'avais un métier. Pour toutes les questions matérielles, mes émoluments, mes jours de vacances.., je m'arrangerais avec leurs maris. Je devrais attendre leur retour. Ils étaient partis pour Bordeaux.

On y distribuait, paraît-il, des portefeuilles.

Ils étaient allés bravement, malgré les dangers de la route, quérir le leur, du Commerce, des Maisons Closes, de la Marine à voile, ils n'avaient pas de préférence. Quand on a une famille à nourrir...

– Nous irons demain à leur rencontre, sur la grand-route. Ou peut-être rentreront-ils dans la nuit. Nous aimerions tant que vous les connaissiez. Ce sont eux, vous comprenez, qui, malgré leurs lourdes charges, s'occupent de l'éducation de nos fils.

C'était le premier été sans Tour de France.

Depuis bien longtemps.

On avait annulé la Fête à la demande secrète des Allemands.

Le Maréchal avait obtempéré. Sans discuter. Ce qui augurait mal de l'avenir, mais personne n'en savait rien.

Les journaux sportifs se désolaient.

Et Maurice Archambaud refusait de répondre aux interviews :

– L'auriez-vous enfin gagné, cette année ?

Il se terrait dans un mutisme absolu.

Alors *l'Auto*, pour survivre, annonçait l'étape du jour, les villes à traverser, les curiosités gastronomiques de notre beau pays, à dix francs, à vingt francs, tout compris, s'il y a trop de monde, de Paris à Collioure, sur la grand-route, prenez donc ce raccourci, les avions allemands ne vous remarqueront pas, cheminant sous les blés, ou bien tentez le circuit touristique, les églises romanes, les triptyques provençaux, les incunables d'Angoulême,

Un Exode Utile ?

L'*Auto* en tenait la gageure.

A la TSF, Papy Georges Briquet décrivait longuement

les charmes des jeunes Normandes aperçues un instant sur le bord du chemin lorsque le peloton daignait ralentir l'allure, les boches ont pris du retard sur les rives de la Marne, la phrase magique courait de bouche à oreille, on laissait, à l'ombre des marronniers, souffler les moteurs.

Puis de la caravane les méandres colorés franchissaient le Perche et longeaient bientôt la presqu'île bretonne.

Jacques Goddet, le directeur de la course, s'étonnait une nouvelle fois de l'adresse diabolique des sprinteurs belges.

Arriveraient-ils les premiers aux pieds des Pyrénées ?

C'était la question subsidiaire du grand concours qui passionnait le pays :

« Hitler ou pas,
cette année encore,
nous l'aurons, notre Tour de France »

5 millions de prix, nos lecteurs nous répondent.

Date limite : 18 juin.

Levés à l'aurore, nous n'arrivâmes sur le parcours qu'à neuf heures. Toutes les bonnes places étaient prises. Des applaudissements déjà fusaient, çà et là, quelques manœuvres audacieuses, quelques périlleux dépassements, en longues files des équipages, matelas au vent, visages défaits, douteuses chemises, des limousines depuis Paris qui fuyaient comme tout le monde, des motos, des autocars d'Ivry, de Bagneux, les enfants des écoles, ces dames de la Croix-Rouge, des fiacres du Champ de Mars, on s'étonnait de n'y pas trouver le funiculaire de la Butte, un métro des Lilas, le tram Nation-Bastille, il faudrait un jour recommencer l'aventure : l'Exode n'était pas complet.

Lorsque paraissaient, sur des chars à demi brisés ou chevauchant d'infâmes bicyclettes, quelques soldats hagards, les restes de nos Armées, nous nous jetions sur les malheureux, leur montrions le Nord, Verdun et leur devoir, mais ils ne voulaient rien entendre, ils continuaient vers Madrid, sous nos crachats, sous nos injures, ils allaient préparer, nous criaient-ils, surtout ne le répétez pas, une contre-attaque féroce.

Le soir tombait.

Nous consultions le programme. Il n'était pas prévu que la Fuite s'arrêtât, elle continuerait toute la nuit, à la lumière des lampions, aux accents hésitants des chansons à boire, nous ne connaîtrions jamais les vainqueurs.

Aux habitués, cela rappelait les Six Jours. La nostalgie emplissait les cœurs, les divines choucroutes du VEL D'HIV, vous vous souvenez ?, quand il était de bon ton d'en smoking les savourer...

Je regardais Virginia.

Ces échos, ces rumeurs, ces airs de vivre un peu canailles, d'accordéons et de fifres ne semblaient pas la troubler, elle portait une longue robe à fleurs rouges, les enfants jouaient avec le ruban de son chapeau, Virginia, comme seule elle savait le faire, souriait doucement au Peuple.

Pour attirer son attention, je tentais de l'imiter. De misérables petites gouapes prenaient pour une invite ces signes ambigus, elles m'entraînaient, méprisantes et dominatrices, vers les futaies voisines. De crainte qu'elle entendît, qu'elle remarquât, j'acquiesçais sans protester à toutes leurs troubles demandes.

Madame de V., vers minuit, s'inquiéta.

– Ils n'auront pu remonter le courant, la circulation était trop forte dans le sens du sud, nous reviendrons demain, ils ne tarderont plus à revenir de Bordeaux, j'aimerais tant que vous les connaissiez, vous verrez, chacun dans leur genre, nos maris sont des hommes charmants.

On avait déjà fêté Saint-Barnabé.

Et les époux, les époux bien sûr n'étaient pas rentrés.

– Attendez un peu, Sébastien, nous réglerons vos gages plus tard, prenez patience.

A croire qu'elles ne savaient pas le prix d'un Gin Fizz, aux premiers jours de juin 40. Et combien j'en buvais pour supporter la chaleur. J'avais trop de dettes. Un beau matin, Errol refuserait gentiment, mais fermement. Depuis le temps qu'il me répétait que cette fois-ci, c'est la dernière. Un pianiste de bord de mer, tu comprends, n'est jamais aussi riche que Furtwängler. Je tombais d'accord avec lui, l'injustice me semblait criante.

Au grand désespoir de ces Dames, j'acceptai donc de nouvelles charges.

Et l'on commença de se méfier de moi.

Avec tout ce que les journaux racontaient d'espions juifs et de femmes infidèles, après l'abandon, d'une voix douce demandant si par hasard ce navire de guerre dans la rade... si cette batterie de 75 menaçait vraiment l'Iroise...

A mon approche, les conversations s'éteignaient. Ou bien viraient brutalement vers les nuances atmosphériques, les choses et d'autres des vacances, les parcours des régates prochaines, la robe bleue que Virginia portait, vous savez, Sébastien, celle que vous aimez tellement...

On m'invitait du bout des lèvres, les mots tremblaient au téléphone, sur les bristols immaculés les écritures féminines autrefois si fermes et décidées, enthousiastes, aujourd'hui hésitaient ; dans la courbe précise des détails les plus infimes de ma vie qu'un acharnement maladif me poussait à relever, la fréquence des ratures, des biffures et des taches lentement, jour après jour, augmentait : pour un être susceptible, c'est un signe qui ne trompe pas, on vous aime moins et moins.

Mais lorsque, répondant à cette réticence diffuse, il m'arrivait de refuser un repas, de décliner l'offre d'une sieste dansante, l'affolement les prenait :

– Qu'allez-vous faire, Sébastien, comment passerez-vous la journée, nous vous savons si seul...

Je n'étais pas dupe. Leur brusque sollicitude, elle ressemblait plutôt à de la crainte. Ils commençaient à se douter de quelque chose.

Alors j'acceptais. Du moins dans la mesure où le devoir ne m'appelait pas, au dernier moment, au milieu du dîner. Je priais la compagnie de bien vouloir m'excuser,

– une affaire urgente, vous comprenez, à notre époque...

je levais la main pour couper court aux questions,

– permettez-moi, chers amis, de n'en dire pas plus, en tout cas pour l'instant,
je souriais à Virginia, et partais dans la nuit toujours fraîche des rivages armoriques, griffonnant des noms, leur semblait-il, sur mon petit calepin gris.

Georges m'attendait à la sortie du parc :

– On annonce le premier train pour ce soir.
– Tu crois qu'elle y sera ?
– D'après Danton, il n'y a pas de doute. C'est même la marraine du convoi.
– Elles sont peut-être plusieurs, dans la région, qui répondent à ce prénom.
– Nous verrons bien. Mais, pour tout t'avouer, ça ne m'étonnerait d'elle qu'à moitié.

L'heure n'avait pas encore sonné. Nous marchions sur le port de café en café, échangeant nos casquettes à chaque nouveau canon, pour brouiller les pistes, disions-nous.

Je le battais régulièrement au baby-foot, il ne partageait pas mon indulgence pour Malraux, préférait remonter aux sources, Nietzsche et Dostoïevski, je le trouvais injuste, ça nous aidait à tuer le temps.

Vers onze heures trente-cinq, nous nous levions et saluions la patronne.

– Non, la belle, vous vous égarez, son petit nom à lui, c'est Sébastien, Sébastien Vauban même que. Moi je m'appelle Georges, Georges tout court. On se connaît depuis assez longtemps, faites pas semblant de pas savoir, pas ?

Elle n'y comprenait rien, avec toutes ces négations, monsieur Georges, il devait s'en passer de drôles de choses dans sa tête, allez, et pas toujours des plus propres.

Et puis des imperméables mastic, des godillots à clous, elle aurait su à quoi s'en tenir, mais de quel uniforme, de quel régiment secret étaient donc ces charentaises énormes que nous enfilions, en chantant les guinguettes,

elles ferment leurs volets,

on se demande encore pourquoi ?

– C'est pour l'escalier, la belle, ces chaussons

ridicules, pour ne pas qu'il craque. Nous habitons tous ensemble, vous voyez, nous sommes tellement amis. Quand nous rentrons tard le soir, sa femme à lui me bat, ma femme à moi l'embrasse, alors nous préférons ne pas les réveiller, nos deux amours, ça nous épargne des scènes et des bagarres au couteau, entre lui Sébastien et moi Georges, parce qu'on est tellement, tellement jaloux si vous saviez, si vous saviez, d'ailleurs, vous n'oseriez pas en notre double présence regarder l'un plutôt que l'autre...

L'escalier craqua. Deux fois.

Mais Georges ne s'était pas trompé. L'école était vide. Enfuis les élèves depuis le mois d'avril

les cahiers au feu,

les maîtres en plein milieu.

– Tu comprends pourquoi j'ai quitté le métier. Deux professeurs ont péri dans les flammes cette année. Elle ne badine plus avec l'honneur, notre jeunesse, elle a raison, quand on n'est pas romancier, faut faire ce qu'on dit.

Enfin tu vois, c'était ma classe. La classe des Cartes où j'enseignais la dérive, les humeurs des continents. Personne ne m'écoutait. Ils regardaient par la fenêtre, les chérubins, malgré tous mes efforts, les rideaux noirs, le goudron sur les vitres, ils trouvaient toujours un moyen.

J'en avais touché deux mots au censeur qui avait murmuré au recteur qui écrivit au ministre.

Avec ces éléphants, ces girafes qui débarquent pour le cirque, ces élégantes, si vous les voyiez, monsieur le Ministre, elles voyagent maintenant demi-nues attendant, on ne sait, un client, un mari, si vous ne désirez, sauf votre respect, apporter de l'eau au moulin de notre décadence, évitez dorénavant de construire des écoles en bordure d'une gare.

Les Rolls, blanches et noires, Phantom II et Silver Ghost, arrivèrent peu après.

Georges me tendit les jumelles, il avait dit vrai, nous étions aux premières loges, rien ne nous échapperait. Mais des preuves, il nous fallait des preuves et comment photographier, à cette distance ?

Nous prenions note tour à tour sur le même cahier gris.

Les tribunaux nous riraient au nez, le président nous remercierait d'avoir égayé ses collègues,

joli talent, messieurs, joli talent et que d'imagination, du marché noir ? Des trains de beurre et d'artichauts ? Voyez-vous ça. Pourquoi pas la traite des blanches ou des fumeries d'opium dans les jardins de l'Elysée ? Enfin revenez quand vous voulez, les après-midi sont si mornes au Palais.

Je consolai Georges. Au moins nous apprendrons quelques visages ; et la forme de leurs mains, à ces brigands. Nous allons les faire chanter, fais-moi confiance. Tu verras comme les Rolls sont animaux volages et, pour un clin d'œil, pour la menace d'un petit mot au procureur de la République, tu verras comme elles changent docilement de maîtres.

En tout cas, nous devions le reconnaître, ces gens-là savaient vivre, les choses n'avaient pas traîné. Dans la salle d'attente, la fête battait son plein, on y dansait valses et tangos, on y buvait Moet ou Veuve Cliquot, à ce que nous percevions de la rumeur discrète des bulles dans la nuit calme de juin, certaines jeunes filles n'avaient pas eu le temps de se changer, elles portaient des robes de tennis très simples, on semblait leur pardonner, elles étaient belles et fragiles, elles auraient pleuré si quelqu'un s'était avisé de leur rappeler les règles vestimentaires d'usage, le soir venu. Mais les hommes n'osaient pas et les autres femmes présentes se sentaient éclatantes de charme et de pouvoir, curieusement enclines, étaient-ce déjà les signes de l'ivresse ?, à la plus exceptionnelle des magnanimités, elles demandaient même parfois à leurs cavaliers d'aller inviter l'une de ces demoiselles, cette polka les avait tuées, mais vous Raoul et vous Gontrand, vous êtes increvables, criaient-elles, l'air canaille.

Elle était arrivée bien plus tard, dans une Lagonda Deux Litres de 1928.

– A-t-elle un compagnon ? Paraît-elle amoureuse ?

Georges tenait les jumelles. Il m'avait répondu :

– Non, pour l'instant.

On se précipitait vers elle, on n'attendait que vous, Dieu que vous nous avez fait peur, nous craignions le pire, avec tous ces contrôles, le jour va bientôt se lever, le train doit partir, allons vite sur le quai.

Elle avait émis le désir de danser un peu, pour se défatiguer, si toutefois vous n'y voyez pas d'inconvénients, deux ou trois valses et je suis à vous.

Georges décrivait lentement sa chevelure blonde, la bande d'étoffe pourpre qui lui marquait le cou, ses longues manches à jabots ; l'insuffisance de sa culture en matière de mode me consternait, il me retenait finalement de sa toilette qu'un large décolleté. Et de riches messieurs, il ne pouvait pas voir avec suffisante précision, d'où il était, et puis l'ombre de la salle s'était accrue, on manquait de bougies, d'ignobles affairistes semblaient doucement, à tour de rôle, lui caresser le dos.

Je préférais ne pas regarder.

Mais je le soupçonnais de me blesser, volontairement.

Depuis le début, il avait tout fait pour écarter de mes rêves ce prénom, ce visage, je ne comprenais pas, lui qui n'avait envers les femmes que moqueuse indifférence, pour Virginia, c'était la haine.

On passait les ultimes petits fours.

Aux tables de bridge que l'on avait installées sur le quai, entre les rails, un peu partout, le jeu prenait fin, on regardait d'un œil déçu les dernières mains de la nuit, on jetait les cartes, de donne à donne on comparait, qu'aurions-nous pu réussir avec ce singleton à trèfle ?

Enfin le train fut prêt.

On pria l'orchestre d'achever Tequila.

Elle sortit de la salle d'attente, très vite, comme prise d'une peur soudaine, elle frissonnait, on lui tendit un châle, elle s'avançait sur le quai, ses talons semblaient trop hauts et sa taille si fragile, ployée au moindre vent,

elle vacillait.

– Ma chère, le moment est venu, voici les ciseaux.

Que roule vers son destin et vers notre richesse ce premier convoi. Paris manque de tout. A nous de jouer. Au meilleur prix, comme toujours, vous me connaissez.

Virginia s'approcha de la locomotive, elle embrassa le conducteur, elle eut du noir sur le nez, elle arrosa les rieurs avec le champagne du baptême puis la bouteille fut brisée, comme il se doit, sur l'une des roues.

Les hommes répétaient à l'équipage de s'arrêter après la gare de Verneuil, en pleine campagne, des cyclistes les attendaient, ils conduiraient à Paris artichauts et choux-fleurs en toute sécurité.

D'émotion, les Dames applaudissaient.

Mais l'on n'entendait rien à cause des gants, des gants gris ou roses, des gants immenses, jusque bien au-delà du coude, des gants en jeune chevreau, comme on n'en trouvait plus depuis le début de la guerre.

Chaque soir, comme pour courber mon sommeil et mes rêves aux rythmes que je voulais en moi voir dominer d'eux-mêmes, sans que j'y misse par trop d'effort, je guettais les chaussées de granit qui descendaient vers la mer, au milieu des sables et des clapotis d'algues brunes.

Ces loisirs prolongés, au bout de la presqu'île, ne laissaient de m'étonner, de m'inquiéter : il me suffisait d'un geste et je n'osais l'accomplir. J'attendais peut-être que fût moins fort le courant de l'Iroise ; les mortes-eaux allaient venir, propices aux longs voyages, aux brumes soudaines, aux fuites dans la nuit, quand on ne vous aime pas. Ou pas encore. Ou pas assez. Le vent aurait, lui, force suffisante pour m'éloigner sans bruit de France.

On approchait de la mi-juin.

Rien n'annonçait que le temps dût changer, les matins étaient clairs et les fêtes continuaient, de plus belle, dans les collines. On inventait d'autres danses, d'autres jeux, d'autres cartes à dire le sort. Je n'avais revu Virginia mais la plupart de ses compagnes cédaient au doux chantage des époques troublées, la guerre continuait, nous serions mobilisés, vite acheminés vers les avant-postes du royaume et la mort nous faucherait en pleine jeunesse, en pleine vigueur, ce jour-là chanteraient les mésanges, nous regarderions une dernière fois deux ou trois coquelicots dont la senteur et l'éclat s'éteindraient en nous peu à peu, à mesure que s'avancerait, inexorable, la sombre avalanche...

Elles nous mettaient un doigt sur la bouche, ce n'était pas que nous leur plaisions vraiment, que nos yeux étaient plus verts qu'autrefois, mais ces histoires de Dormeur du Val, de trous rouges au côté droit, elles n'en pouvaient supporter plus, elles nous accueillaient gravement la nuit par la porte de derrière, les dogues demeuraient calmes, nous les caressions en passant.

Quelques heures après, lorsque je retraversais les douves, les braves bêtes me faisaient fête, je ne pouvais m'attarder, le jour se levait.

Un curieux sentiment de honte, de malséant opportunisme me retenait d'apprécier, comme il l'aurait fallu, ces promenades de retour vers ma chambre, au milieu des landes désertes, au bord des grèves encore bleues, la lumière hésitait, je scrutais longuement, avant de trouver le sommeil, les chaussées de granit qui descendaient par paliers vers la mer, le chenal de l'Iroise et puis la Manche anglaise.

Plus tard, le jour devait commencer à décliner, sans qu'il soit possible dans la chambre haute de le vérifier, je n'ouvrais que la nuit, quelques heures, les lourdes jalousies, plus tard, rasé, habillé, minutieusement coiffé, le cœur battant chaque matin la même sourde chamade, je m'approchais du secrétaire. Ma main hésitait, caressait les serrures, les articulations de bronze, errait sur le cuir brûlé de l'écritoire, se perdait plus bas, longeait les canelures des pieds, vérifiait que la calle ne s'était pas déplacée depuis la veille, qu'une fois encore je pourrais écrire.

Ecrire est un bien grand mot pour si basse besogne. Ni poète, ni romancier, oh non, seulement délateur. A la demande des patriotes, c'est ma seule excuse. Ils voulaient que fussent connus tous les coupables, consignés sur le papier les noms de tous les profiteurs, pour qu'après la Victoire qui ne tarderait pas, malgré les apparences, ils subissent le châtiment mérité. Une fois de plus on avait fait confiance à mon sourire : de ce département secret, j'étais le chef.

La guerre finissait, du moins la première vague. On occupait comme on pouvait ce brusque loisir de n'avoir plus à porter les armes, à marquer la terre d'un petit drapeau bleu, blanc, rouge, vous n'irez pas plus loin, vous ne passerez pas.

Ils étaient passés.

Libérant brutalement les forces d'échange trouble, de commerce sournois. Telle une revanche des profondeurs sur les atermoiements et les timidités de la surface.

Les régates étaient supprimées. Les bateaux maintenant remontaient par courtes étapes vers la baie de Seine. De discrets intermédiaires achèteraient au plus haut prix leurs cargaisons de crêpes bretonnes. Les goémonniers relâchaient à Jersey, le temps de charger sous les varechs quelques centaines de bouteilles d'alcool rare, écossais ou anglais, pour le bar du Ritz ou bien le Pont-Royal, d'autres navires s'engageaient dans le canal de Nantes, porteurs de sables ou de soi-disant briques, nous vérifiions la nuit et plongions nos mains, Georges et moi, dans des monceaux de bas argentins sans coutures et qui nous paraissaient de soie. Et les jeunesses du Bas-Morbihan, blouse noire, tablier blanc, dans les cheveux un ruban, Paris manquait de domestiques, attendaient leurs nouveaux maîtres, couchées dans les charrettes, sous le foin des moissons, pour échapper aux lois scélérates qui interdisaient les migrations. Au pas mesuré des chevaux de labour, elles s'endormaient et rêvaient de grands appartements, de longues baies vitrées sur l'avenue du Trocadéro, sur les jardins de la Muette, puis un jour, peut-être que Madame serait partie faire des courses ou danser la valse, Monsieur entrerait dans l'office, elles parlaient entre elles à voix basse, lorsque par hasard nous avions croisé le convoi, du prix qu'elles demanderaient pour ces amours ancillaires, les jaunets ou le mariage, elles n'avaient pas encore décidé, ou peut-être seulement, si Monsieur était habile, de bien vouloir continuer, aussi longtemps qu'il le pourrait.

Souvent la chance nous aidait. Et le mauvais état des routes. Les bicyclettes tombaient, leurs sacoches se crevaient, libérant sur la chaussée des flots de briquets d'argent, de navets primeurs ou de préservatifs mexicains, « au goût sauvage », disait la pochette en portugais, ce que Georges et moi trouvions curieux et pour le moins suspect.

Nous engagions la conversation, feignant de n'avoir rien remarqué.

Les temps sont difficiles, murmurions-nous à l'oreille du brave homme, une main sur son épaule, pour engager sa confiance et susciter habilement ses aveux.

Sa réponse nous surprenait par sa logique, sa clairvoyance aussi des choses de l'avenir : ce n'était pas le moment de fabriquer de petits êtres, le Baby Boom viendrait plus tard, soyez-en sûrs, pour l'instant, il fallait retarder l'échéance, comment dire ?, paternelle, sans pour cela se priver, on pouvait mourir à chaque minute, ce serait toujours une femme de prise que les Allemands n'auraient qu'usée, brûlée, élargie.

Nous hochions la tête avec tristesse.

Nous aurions besoin, mon vieux, d'hommes comme vous, qui savez de la vie les arcanes les plus secrètes.

Il acquiesçait modestement.

Il regrettait, mais il ne pouvait nous suivre, ni nous donner les noms des patrons de la filière, spécialisée, nous disait-il, dans ces articles d'hygiène intime.

Il n'en savait pas plus.

Il ne désirait pas s'engager politiquement, son humanisme à lui souhaitait cheminer loin des querelles partisanes, sur des plateaux sereins où l'homme, mais vous allez vous gausser de mon optimisme, ne serait pas un loup pour l'homme.

Nous l'aidions à réparer son dérailleur.

Il nous donnait rendez-vous pour le mois de septembre.

– Si vous êtes toujours dans notre pays vers le milieu du mois, si vous voulez, au lycée Henri IV, j'y suis professeur de Khâgne.

Nous le regardions longtemps monter en danseuse vers le sommet de la colline. Et nous reprenions notre guet, comme nous le demandaient nos chefs. Que de tels hommes, de tels radicaux philosophes puissent encore exister et semer partout la bonne parole d'Alain, notre lutte en sortait grandie, comme si son enjeu culturel, brusquement, venait de nous être révélé.

Mais la chance et le hasard des rencontres nous auraient été d'un piètre secours sans notre œil, notre œil de rapace timide, de héros de loin, notre œil de gendarme à qui rien n'échappait, ni les clubs de golf Slazenger camouflés sous une bâche de corbillard, ni les blondes laitues attachées par paquets aux jarretières des paysannes que la brise marine dénudait à moitié, malgré leurs trois jupons raides.

Nous nous étions partagés le travail. Georges continuait de battre la campagne à la recherche de nouveaux indices, moi, enfermé dans mon bureau, dans le silence de l'été, je m'efforçais d'assigner à chacun de ces commerces sa place dans la hiérarchie secrète de l'Illicite.

Tous les renseignements s'étalaient devant moi, patiemment retracés sur de petits bristols verts. D'un tiroir, je sortais ma loupe. Mes ongles rongés se crispaient sur son manche d'écaille, le vertige du pouvoir m'envahissait. Des photos, des croquis, des esquisses de tatouages sur la fesse, aux aisselles, des numéros de téléphone, cette fois, nous les avions, nos preuves, des empreintes, des mesures précises, des courbes de température, le nombre des dents gâtées, des clés d'hôtel, des fragments du lit où ces braves gens s'envoyaient en l'air, sans vergogne, avec l'Envahisseur.

Rien ne manquait.

Il suffirait d'un mot, quand la légalité reviendrait, il suffirait d'une lettre recommandée pour ruiner à jamais leur honneur. Et je pourrais choisir d'égrener mes revanches au fil du temps, Père gardez-vous à droite, Père gardez-vous à gauche, ils se verraient enfermer les uns après les autres, au goutte à goutte je distillerais mon venin et j'étirerais subtilement ces manœuvres délatoires jusqu'à la veille même du jour de prescription.

D'âcres parfums d'aloès montaient derrière les fenêtres, par les jalousies entrouvertes.

J'étais heureux. Je pensais à mon père, je lui montrerais les lettres élogieuses de mes chefs, comme il serait fier de moi, lui qui m'avait élevé dans la haine de Déroulède.

– Faites-moi taire cette batterie.

– Avec plaisir, mon colonel.

Les héros en droite ligne, sans une once de stratégie un peu fourbe, les hommes de la Gloire et du plus court chemin d'un point à un autre en dépit des circonstances mais les gants blancs quoiqu'il arrive, moi je les admirais, il s'en tenait les côtes de rire :

– Ton père, malheureux enfant, n'a pas l'étoffe d'un légionnaire. Tu n'y changeras rien. Au matin d'une folle nuit, je ne serai jamais chanté, des frissons dans la voix, par Fréhel ou la jeune Piaf. Tu le sais bien, je ne conçois de guerre que celle des taupes, craintive, obstinée, silencieuse.

Virginia montait vers la maison.

J'avais laissé la porte ouverte.

> *Une fois de plus, elle s'avancerait, seule, le long de ces mêmes couloirs, à travers ces mêmes salles désertes, elle longerait ces mêmes colonnades, ces mêmes galeries sans fenêtres, elle franchirait ces mêmes portails, choisissant son chemin comme au hasard parmi le dédale des itinéraires semblables*

Mais aujourd'hui.

A quoi songe une femme qui monte ainsi vers la maison ?

- au Meurtre ?
- à l'Echange d'elle-même, donnant, donnant, contre mon silence ?
- à d'autres formes moins définies de l'Amitié ? Maintenant j'entendais vos pas, sur les premières marches de l'escalier.

Votre audace m'étourdissait. J'aurais voulu pouvoir

attendre quelques jours encore, laisser libre cours à ma paresse, vous savez, dès qu'il s'agit d'approcher.

Me toquer de vous ?

Certes, mais à ma lente guise.

Je rêvais d'immenses familles à la Russe, avec sept ou huit ou dix filles à marier.

J'entrais dans le salon, jeune cadet de Pétersbourg.

Les demoiselles, à l'annonce de mes noms et qualités, se précipitaient vers moi. D'un regard, je choisissais celle qui serait plus tard ma femme et je commençais à l'une de ses sœurs une cour éperdue.

Ainsi, de sœurs en sœurs séduites puis doucement déçues pour qu'elles ne souffrent guère, j'apprendrais peu à peu les commerces d'aimer.

Mais Virginia, vous n'avez ni sœurs, ni famille.

Et c'est l'unique raison de mon départ, de ces explications un peu longues et fastidieuses de ma jeunesse, la crainte de nouer avec vous, dès l'abord, d'irréparables négoces.

Vous murmuriez des mots anglais, quand nous dansions sur la grève. Peut-être avez-vous à Londres une cousine oubliée que je m'en vais patiemment, dans les rues de Chelsea, rechercher.

Brest,
ce dix-sept juin
mil neuf cent quarante

II

The houses are all gone under the sea.
The dancers are all gone under the hill.

T.S. ELIOT, 2nd. Quartet.

« Sera réputé bord et rivage de la mer
tout ce qu'elle couvre et découvre pendant les nouvelles et pleines lunes
et jusques où le grand flot de mars se peut étendre sur les grèves. »

Et l'Angleterre commençait là.

De vases et de boues, entre les laminaires, l'eau grise glissait des mares et coulait vers le sud, au long des filandres et des champs d'himanthales et d'actinies jaunes puis à perte de vue, arrachées des roches par la tempête, des touffes de lichen noir que venaient hanter pagures et blennies, le soleil de juin s'était levé et la plaine humide de flaque en flaque maintenant miroitait, il fallait cligner les yeux et parfois renoncer aux jumelles, malgré les stores que le gérant de l'hôtel avait obligeamment baissés, les araignées galathées orange et bleues s'enfonçaient dans l'herbier et continuaient plus bas, sous terre, à tisser leurs filets, ourdir leurs ruses éternelles que la mer en remontant chaque jour avait noyées qu'il suffisait pourtant d'un retard, d'un étale de mortes eaux indûment prolongé pour voir renaître contre nous qui les regardions, amusés, distraits, condescendants.

Comme une sorte de résurgence ou d'éveil que l'on redoutait, que l'on sentait proche et qui ne perçait pas, comme si des bulles crevaient que la rumeur du vent ou le clapotis du thé versé dans nos tasses de fragile opaline nous empêchait d'entendre, orage souterrain, fièvres et lourdeurs qui montaient des sables auxquelles personne d'entre nous ne prenait garde, l'importance de l'heure nous enivrait, notre jeune arrogance se faisait un devoir d'ignorer les traités mous, les alliances inarticulées que ces peuples amphibies, pour le prix de leur bienveillante neutralité, requéraient depuis toujours, qu'ils finiraient par obtenir un jour ou l'autre.

Et plus tôt, peut-être, que nous n'aimions à l'imaginer.

Les portes étaient fermées. Dix-huit juin 40, la matinée s'achevait. Nous discutions des nouvelles venues de France. Une demande d'armistice, nous ne comprenions pas. Pourquoi nos voisins n'avaient-ils pas choisi la capitulation qui n'aurait engagé que l'armée et non point le gouvernement ?

Des valets faisaient le guet dans les couloirs et tout au long de la promenade. De quart d'heure en quart d'heure, la cloche de brume annonçait que la voie était libre, que nous pouvions continuer nos murmures, aucun espion sudète ne se cachait encore dans les potiches Ming du vestibule.

« But of all colours it was green... »

Lady Warren souriait, une fois encore elle devait rêver de Marvell, le plus grand, nous disait-elle, des poètes anglais. Chaque jour elle nous répétait la date de sa mort : 1678, sachez-le, barbares, 1678. Et c'est elle que nous avions élue à la tête du Council ; personne n'aurait osé présider à sa place.

Elle se tourna vers moi :

– Mais quel est ce jeune Français, Lowell, dont vous nous chantez les louanges ?

– Pour tout vous avouer, je ne sais rien de lui. Je l'ai croisé sur le quai en me rendant ici. Il ne m'a donné qu'un nom de guerre, Mole, Sébastien Mole. Mais c'est un bon marin : il n'a mis qu'une nuit pour gagner Brighton à la voile. Les Français ne nous ont pas habitués à ce genre de performance. D'ailleurs vous pourrez voir son Dragon dans le grand bassin de Hove, près de l'entrepôt des Lloyds. Il souhaite ici, en terre anglaise, continuer le combat par d'autres moyens.

Lady Warren me caressait la main.

– D'ailleurs, je crois le connaître, il est sûrement de ma famille, tous les jeunes hommes bons marins et courageux sont de ma famille et puis, Lowell darling, nous vous faisons confiance. Dites à ce héros d'entrer. Qu'on lui apporte une chaise et qu'on lui donne une tasse. Je ne me souviens plus. Mais où ai-je donc la tête ? Qui pourrait me rappeler s'il aime le Darjeeling ? Un garçon si poli n'osera jamais rien me refuser.

Sébastien paraissait.

La beauté fiévreuse et fragile de son visage faisait courir sur la peau blanche de nos compagnes des frissons secrets que seuls mes yeux exercés et ma profonde connaissance de l'autre sexe me permettaient de remarquer avec amusement et indulgence. Il m'était assez indifférent qu'il plaise. Mon ambition, à cette époque de ma vie, ne concernait que la chose littéraire.

Il souriait.

– Sébastien darling, dites-moi d'abord, avez-vous fait bon voyage et comment va votre oncle ?

– Mais il est mort, Milady, il est mort voici presque deux ans. Et vous nous aviez écrit, alors, une lettre si touchante et si grave, elle a fait le tour de nos connaissances.

– Allons, allons, ne me rendez pas triste inutilement, j'ai besoin de toute ma force, on nous promet pour demain ou bien pour lundi des vagues d'avions ennemis. Ce cher Henry, je l'aimais avec paresse. J'ai peur de n'avoir jamais deviné en lui qu'une timidité un peu sournoise.

Mais nous en reparlerons, vous me ferez honte, je vous permets, je vous permettrai des tas de choses, ici, vous verrez, vous me raconterez ses manies et comment il a vécu, ce vieux cousin, nous aurons tout le temps, nous attendons, vous savez, les ordres de Londres.

Passaient les heures, nous mangions des biscuits salés et du Blue Stilton. Il ne restait plus de porto. Les domestiques demandèrent s'ils pouvaient astiquer quelques reliures précieuses. L'air sentit l'encaustique. Et la poussière.

Puis on offrit à la ronde des Havanes et de longues cigarettes bleues, à bagues dorées. Personne n'osait jouer aux cartes ou sortir de la pièce, se promener sur le sable. Pourtant il faisait beau.

« But of all colours it was green that enchanted him Most. »

Le jeune Français parlait doucement, il fallait tendre l'oreille.

– Vous savez, les derniers temps, vous devez savoir, sa passion pour le vert s'était aggravée. Jamais pour s'habiller il ne choisissait d'autres teintes et son visage, ses cheveux, si vous les aviez vus... Il achetait à prix d'or certaines lentilles indiennes qui donnent aux yeux le ton que l'on désire. Il ne mangeait que des légumes, des pois anglais, des french beans ou bien des viandes assez avancées pour être recouvertes de grosses mouches d'été, aux poils d'émeraude. Il ne lisait plus que Julien ou Graham, tous les autres lui faisaient horreur qui n'avaient pas le nom de sa couleur. Il n'arrivait plus à écrire, le papier l'aveuglait.

Il s'en fut au Bourget. Alexis et le ministre s'en revenaient tout joyeux de Munich. La foule hurlait son bonheur. Chantait de gaillardes ballades aux sauveurs de la Paix. Alexis descendait de sa calèche, dégrafait son gilet et se lançait dans une interminable java, Alexis, Alexis, les titis s'approchaient, lui criaient des conseils,

pas comme ci, Alexis,
la main sur le derrière,
pas comme ça, Alexa,
les doigts sur la douairière,
on la dansait, on la buvait, on la chantait la victoire, on agitait des drapeaux jaunes et blancs et rouges et verts aussi, pour l'espérance.

Il ne put le supporter. Qu'on mêlât sa couleur à une telle escroquerie. Kerillis, son ami de toujours, marchait près de lui. Munich les dégoûtait.

Pardonnez-moi, Milady, mais il prit le train de nuit et sauta dans la mer voici presque deux ans, lorsque à l'aube elle cessa d'être noire et n'est pas encore bleue, de la nuance qu'il aimait, il s'en fut la rejoindre.

Lady Warren n'écoutait plus, je me demandais si l'idée avait été excellente d'introduire ainsi ce jeune poète en plein Conseil de Guerre, et qui s'en moquait.

Comment arrivèrent, un à un, les ordres de Londres, sur la patte d'un pigeon, à cheval, en voiture, à l'anglaise un murmure dans le creux d'une oreille, je ne m'en souviens plus.

Les domestiques pakistanais avaient poussé contre la fenêtre la longue table du casino, les rideaux étaient tirés et la plage devant nous s'agrandissait lentement. Comme sur les cartes d'état-major, quelques douaniers plantaient de petites marques à la limite des eaux qui reculeraient on ne savait jusqu'où, avec tous ces reflets, ces lagunes et ces marais trompeurs qui prolongeaient la plaine anglaise sans vraiment l'achever.

Ils en avaient de bonnes, les types de l'Amirauté :

Profitez de la marée, vous avez tous les pouvoirs, l'ennemi ne doit pas deviner où commence l'Angleterre.

Bien sûr il ferait nuit et d'un avion l'on voit si mal mais les grands hôtels dressés sur le rivage, les remparts de maisons, les sables qui miroitent, l'éclat de leurs yeux quand ils draguent à la brume, les matous efflanqués, il n'était pas si facile de camoufler une ville en quelques heures, comme on nous l'ordonnait.

Et pour le bal, pour le bal de ce soir, on attendait la réponse. Serait-il interdit ?

Sébastien me demandait à voix basse quel était ce bal dont tout le monde parlait et pourquoi justement le 18 juin ? Je faisais mine de ne pas entendre, de regarder par la fenêtre.

Les roulottes s'étaient arrêtées. Depuis le siècle dernier, elles accompagnaient les baigneurs frileux, pas à pas, au bord de l'eau ; ainsi l'on pouvait suivre de très loin le flux et le reflux, les chevaux ne bougeaient plus, la mer devait avoir atteint l'étale, nous aurions juste le temps de la remontée, six heures ou un peu moins.

Londres était d'accord. Il ne fallait à aucun prix

manquer le 18 juin. Le bal serait permis. Seulement nous peindrions en noir la grande verrière des Royal Pavillons. Le télégramme passait de main en main, tout autour de la table. Mais après le dernier coup de minuit, pas un cri, pas un bruit. A cause des avions allemands, comprenez-vous ? Ils avaient signé Cendrillon. Tout le monde riait. Sauf Sébastien.

– 18 juin, je croyais connaître l'Histoire d'Angleterre, que fêtez-vous donc le 18 juin ?

– Un mauvais point pour vous, Sébastien, et vous vous dites lecteur de Stendhal, tâchez de vous souvenir, Fabrice, la cantinière, et certaine plaine belge, vers 1815...

– Waterloo. Mais, Milady...

– Bravo, vous voyez, quand vous voulez vous en donner la peine. Nous fêtons l'anniversaire de Waterloo, pardon à vous Français. C'est le banquet annuel, le banquet des Anciens. Enfin de leurs petits-fils. Voilà, pour vous, Sébastien darling, nous ne faisons mystère de rien. Mais oublions Grouchy, oublions tout cela, je vous invite, vous aurez toutes mes valses.

Auparavant, je vais vous montrer votre chambre. Nous serons voisins. J'espère, vilain charmeur, que vous n'en profiterez pas pour me rendre trop heureuse.

Je les regardais s'éloigner bras dessus bras dessous, ils semblaient du même âge. J'aurais aimé savoir, par temps de guerre, par temps de paix, ce qu'ils venaient vraiment chercher chaque été dans l'île anglaise, tous ces jeunes Français.

Dans la ville, on travaillait ferme, on démontait les Piers, on étalait le sable, les palaces prenaient peu à peu la couleur de la mer : ce soir, les rivages auraient disparu. L'Amirauté serait contente. Peut-être vaguement inquiète que l'on ait aussi vite cédé à sa demande. Rien n'y faisait, ni les années de sagesse, ni la longue habitude, lorsque l'on abattait les digues, la terre et l'eau échangeaient leurs règnes.

Aujourd'hui, personne n'y prendrait garde.

Mais plus tard, quand la guerre serait finie, j'enverrais à Withe Hall un mémoire sur les marges, comme elles hésitent, et sur les rythmes de contrebande.

Les autres, les grands et minces, les aux yeux pervenche, aux corps brûlants, les Séducteurs ne hantaient plus la ville, sans vergogne on les avait mobilisés, éloignés vers les déserts et les marais sordides où semblaient maintenant se porter les combats. Puisque la France, la France avait cédé.

Dans leurs chambrettes, à l'heure des apprêts, les femmes se demandaient s'il valait même la peine d'aller au Bal. Qui les ferait danser ? En tout cas, elles garderaient leurs jarretelles de tous les jours, un peu grises au bord, un peu tristes. Pas besoin de se mettre en frais pour de tels cavaliers, sortis d'on ne savait quel hospice, sans audace, bien sûr, les pauvres, à leur âge, ni vraie vigueur.

Les hommes à cheveux blancs défilaient sur la Promenade

> We are the hollow men
> Nous sommes les hommes creux
> We are the stuffed men
> Les hommes empaillés
> Cherchant appui ensemble
> La caboche pleine de bourre

Ils marchaient à pas de loup, leurs décorations entourées de coton, leurs godillots assourdis de paille, à pas feutrés, sous la pluie, le vent soufflait du nord, ils ne chantaient pas, ils gardaient en eux cette fierté secrète, Waterloo, la victoire qu'ils ne célébraient pas, le vent portait vers l'Europe, l'ennemi pourrait entendre.

– Sébastien...

De vieux ouvriers, dans la nuit qui tombait, démantelaient le brise-lames, arrachaient lentement aux Lanes leurs rambardes rouillées. Quelques jeunes enfants descellaient une à une les pierres du môle, des officiels passaient, leur donnaient du caramel.

– N'oubliez pas, plus d'école, quand vous aurez fini, plus d'école pendant dix jours, cette jetée doit disparaître, n'oubliez pas, dix jours de vacances, vous avez le droit de travailler la nuit, j'ai rencontré vos parents, ils vous le permettent, mais ne prenez pas froid, à demain, mes chéris...

Les brigades légères de l'Eglise du Dimanche s'attaquaient aux hôtels, le Cricketers, déjà, n'avait plus de balcons.

On Margate Sands
I can connect nothing
with nothing
On Margate Sands

Je les priais de ne pas crier trop fort, les enfants acquiesçaient, poursuivaient leurs murmures.

De mare en mare, rejointe puis dépassée, les laminaires et les herbiers avaient disparu et bientôt les balanes, sur les derniers rochers, les plus proches de la rive, on ouvrait grandes les écluses,
la mer montait.

– Je me demande, Sébastien, veuillez m'écouter quand je parle et vous, Lowell, prenez note, ça pourra vous servir pour votre Mémoire, je me demande si nous n'avons pas tort de ruiner ainsi nos parapets, d'effacer jusqu'à la trace des côtes.

Je me demande si l'âge ne va pas vers nous monter plus vite, maintenant que la frontière a disparu.

Bien sûr, vous ne savez pas, vous êtes jeunes encore, ce revers des choses et des jours vous demeure étranger. Mais vous verrez, vous verrez, à mesure que l'on devient vieux, comme la méfiance grandit envers les pentes douces, sans obstacle, la mer, ce soir, de ma fenêtre, à perte de vue. On aimerait que le chemin soit de plus en plus difficile, hérissé de subtiles défenses, d'enchevêtrements infinis où le temps lui-même se trouverait retardé. Il ne parviendrait pas à retrouver tout de suite la chambre où l'on repose.

> We are the hollow men
> We are the stuffed men
> leaning together
> headpiece filled with straw
> and filled with seas
> and up and down
> and other tides
> that you won't see

Vous vous rappelez les ordres de Londres ? Tous ces chants cesseront demain, vous les ferez taire. Mais les enfants aiment trop les nursery rhymes, il faudra trouver autre chose, je compte sur vous pour vous occuper d'eux, pour les distraire, leur inventer des jouets silencieux.

Maintenant je vous quitte, je vous délivre de votre promesse. Allez danser avec d'autres la première valse et le premier quadrille. Cette journée m'a épuisée. Je me retire dans mes appartements. J'attends votre visite, au petit matin je ne dors jamais. Une manie stupide. Vous avez remarqué l'hésitation de la lumière, à ces moments-là ? Eh bien, il me semble à moi que, dans la Balance, la Veille pèse plus que l'Abandon. Une distraction me serait fatale. Voilà le genre de folie qui trotte dans le crâne des vieilles gens.

A présent, cher Lowell, laissez-nous, je voudrais dire à Sébastien quelques détails pratiques qui aident à vivre mieux en Grande-Bretagne.

Tout ce qui sous la dent
croque et craque éclate cliquette
crisse grince grogne souffle ronfle gronde siffle
clapote et barbote
saigne gicle gargouille
bégaye etet bafouille
on ne s'entendait plus.

Malgré mon habitude de ces repas d'Anciens Combattants, j'en demeurais assommé. Des pinces de homards volaient en éclats, on décapitait au sabre d'ordonnance des bouteilles du meilleur cru, dans l'air raréfié par les vapeurs de tabac, des grains de fruits secs explosaient, tout le monde se précipitait sous les tables mais le silence ne durait pas, les rires reprenaient, les rugissements de rire, des étoffes déchirées, des cris de protestation. L'immense fondue semblait battre la mesure au centre de la salle, des jets de fromage bouillant frappaient les huissiers qui tombaient sans rien dire et raides, si raides, regardez, Sébastien, c'est cela l'Angleterre, on applaudissait, vingt, trente rappels.

Alors, jaloux, les héros de Waterloo claudiquaient vers la scène.

Here we go round the prickly pear
prickly pear prickly pear
Here we go round the prickly pear
at five o'clock in the morning

Une autre, une autre.

Mais voilà tout ce qu'ils se rappelaient. Ils étaient tellement vieux et meurtris, la mémoire ne remontait plus assez loin, les autres chansons restaient hors de son atteinte.

Pourtant ils s'approchaient encore du micro. L'assistance les acclamait. Ils sortaient de leurs poches des radis creux et des biscottes qu'ils rongeaient amoureusement. Le fracas, amplifié par les haut-parleurs, devenait insoutenable, on se bouchait les oreilles, on les ramenait à leurs places.

Le Deputy Mayor prenait la parole.

En dépit des sous-marins juifs et des avions allemands, le convoi, Dieu soit loué, était arrivé jusqu'à nous et la Royale Société pour la Protection des Animaux avait donné son accord, un accord exceptionnel, n'oubliez pas, Sébastien, en Angleterre, on aime les bêtes, seulement pour ce Dix-Huit Juin, soir de fête, pour ce dernier repas de fureur et de bruit.

Demain, les aliments devront se taire à nouveau, vous fermerez, mes chers administrés, votre bouche en mangeant, et porterez de grands manteaux, qu'on n'entende plus vos clapotis d'entrailles. La musique couvrait son discours, on apportait en grande pompe les singes de Hong-Kong, on admirait comme ils étaient mignons, comme leurs regards brillaient, on s'indignait de la cruauté du peuple chinois qui avait pu inventer une telle recette, on leur coupait le sommet du crâne, lentement, lentement, depuis le temps que l'Empire ne nous avait fait semblable présent les scies s'étaient rouillées, elles dérapaient, se brisaient parfois, les esquilles sautaient dans les soupières, dans les assiettes, les os craquaient et les singes timides, silencieux et dignes jusque-là pleuraient et piaillaient lorsqu'on leur mangeait le cerveau doucement, doucement, à la petite cuiller, en y versant du vin de palme, pour bien, me disaient-ils en souriant, pour bien contracter les chairs, de plaisir on lançait l'argenterie contre les murailles, si noires, on avait oublié, la verrière s'effondra, quelques personnes furent blessées, il fallut, très vite, éponger le sang, le froid de la nuit nous pénétrait. Et la rumeur de la tempête.

– Mais notre Lady Warren, pourquoi n'est-elle pas là ?

– Allons, Sébastien, vous sembliez du dernier mieux avec elle, si, si, ne faites pas le modeste.

– Allons, Sébastien darling, comme elle dit, avouez à vos amis, qu'en avez-vous fait ?

– Vous nous cachez quelque chose...

Sébastien n'écoutait plus. Il se tournait vers moi.

– Je n'ai jamais pu vivre une fête, m'abandonner un moment, cette forme de talent m'est étrangère, un curieux besoin de vengeance me suffoque toujours, dès l'entrée, lorsque l'on aboie mon nom. Bien sûr, je ne plairai pas ce soir, mais ils verront demain, plus tard, ils se repentiront de m'avoir ignoré, surtout cette dame, dans le fond, belle encore mais qui ne le sera plus quand, enfin célèbre, je la pourrai séduire, elle paiera pour les autres...

De grandes servantes un peu ivres tentaient de l'entraîner vers les cuisines. Sébastien résistait. Elles laissaient échapper leurs plateaux.

– Voyons, Sébastien, ne soyez pas hypocrite.

– Suivez-les, nous ne le répéterons pas.

– Avez-vous, en France, d'aussi belles servantes ?

Le cortège s'éloignait sous les rires. Sébastien me suppliait du regard de ne pas l'abandonner ainsi mais je savais déjà le doux périple qu'elles préparaient pour lui et le souvenir que j'en gardais continuait de charmer mes heures de solitude. Elles le guideraient tout au long des trois salles basses, des trois cuisines, lui raconteraient la guerre, la vraie, 1916 ou 17, le château servait d'hôpital, les mahométans et les sikhs ne suivaient pas les mêmes rites, on avait construit deux abattoirs, plus un jardin, pour les Brahmins, comment, vous ne savez pas ?, ils ne se nourrissent que de tiges et de racines, elles m'offraient des raisins, jouaient avec ma cravate, mordillaient mon col, puis ces vastes tables où elles me renversèrent parmi les oignons et les tomates et les plumes de volaille, les contorsions savantes devant moi, presque nues, comme je n'en revis plus jamais, et les cris, surtout les cris et leurs chansons quand enfin je m'animai, pour la première fois, elles ne voulaient pas me croire, mais si je vous assure, la première fois, elles en pleuraient de m'imaginer, avant leur passage, si blanc, si pur...

Mes voisines semblaient furieuses, il exagère, tout de même, votre bel ami français, s'absenter aussi longuement, eh bien tant pis, nous nous passerons de lui.

– Que le Bal commence

– Nous n'aurons plus le temps

– Appelez les musiciens,

c'était la course vers les vieux militaires, on s'arrachait les plus nobles restes, ceux qui possédaient encore deux jambes, un œil, et quelque oreille, pour la mesure.

– Vous m'accorderez la première, n'est-ce pas ?

Et elles relevaient très haut leurs jupes pour aller

quérir, retenu par leurs jarretières, un minuscule carnet d'ivoire ou d'ébène dont l'odeur, alors, enivrait tous les hommes qui acceptaient en tremblant d'inscrire eux-mêmes leurs noms en face de

Première Valse
ou bien
Premier Quadrille.

De jeunes valets imberbes repoussaient dans les coins de la salle, sous les nappes, les monceaux de détritus, de coquilles, dc carcasses de bouteilles et d'épaves de toute sorte, de porcelaines de Worcester, aux armes de la famille de Warren, d'échiquiers d'or et de pourpre, châtelains de Brighthelmstone depuis l'an Mil, ou presque.

– Sébastien, dites-nous, maintenant, pourquoi n'est-elle pas là ?

– Mon cher Baron, une fois encore, vous êtes ivre, le jeune Français n'est plus parmi nous, il se donne à l'office bien du plaisir, si j'en crois le tumulte.

– Au contraire, au contraire, il résiste, les soubrettes n'y comprennent rien, malgré tous leurs efforts, et vous les connaissez, ces diablesses, malgré toutes leurs ruses, il n'a pas encore cédé.

– Il n'empêche, il n'empêche, cette histoire m'inquiète...

Quelques rats s'enfuyaient, emportant les chaussures d'un héros, il ne protestait pas, il venait de trépasser. Les femmes s'affolaient, s'évanouissaient, hurlaient, déchiraient de leurs ongles violets leurs beaux visages blonds et lisses. Faudrait-il réorganiser tout le menuet ? Quel temps perdu, ma chérie, on le fait exprès. A croire, vraiment. Le Maître de Ballet les rassurait : se sentant faiblir, le futur défunt avait décliné toutes les offres. Le soulagement était général, on transportait la dépouille dans une chambre tendue de satin rouge, on s'émerveillait des miroirs au plafond, tiens, tiens, qui aurait deviné ?, des gravures légères sur les murs, on appellerait demain la famille, rien ne pressait, il faisait particulièrement frais pour une nuit du mois de juin, la senteur, on la pourrait supporter quelques jours encore, les musiciens ouvraient leurs partitions, les violons s'accordaient, les couples s'élancèrent.

Le fils du Roi fut auprès d'elle et ne cessa de lui conter des douceurs. La jeune demoiselle ne s'ennuyait point, et oublia ce que sa marraine lui avait recommandé, de sorte qu'elle entendit sonner le premier coup de minuit, lorsqu'elle ne croyait pas qu'il fut encore onze heures ; elle se leva, et s'en fut aussi légèrement qu'aurait fait une biche.

« Où l'on interdit de crier,
où l'on souffle les bougies,
des conséquences qui s'en suivent sur la Morale
traditionnelle,
et où l'on parle de Damoclès,
incidemment. »

Elles ne protestent plus. Elles demeurent immobiles et muettes, recueillies.

Les autres, qui n'avaient pas compris tout de suite pourquoi s'arrêtait la danse, qui s'étaient permis de maudire, d'insulter, de rugir, les rebelles sont mortes, étranglées dans la troisième cuisine, tout au fond des corridors, on n'a rien mais rien entendu.

Sébastien, maintenant s'excuse à voix basse. Terrifiées, elles fixent le lacet sanglant qu'il tient à la main. Elles retirent leurs escarpins et s'approchent sur la pointe des pieds, pour l'écouter.

Par bonheur, le parquet ne craque pas.

– L'alarme, vous comprenez, elles n'avaient pas entendu l'alarme...

Plusieurs hommes se souviennent, Sébastien Mole, oui, ça me revient, Lady Warren l'avait nommé inspecteur des Fracas, il a eu raison, la foule approuve, se retient juste à temps d'applaudir, à cause de la rumeur, inévitable, même si seulement, du bout des doigts...

Les lustres s'éteignent.

Puis la nuit.

Et l'ombre silencieuse des avions au-dessus de la verrière.

– Selsey, Littlehampton et Worthing viennent d'être bombardés.

On retient son souffle.

– Londres ne voulait pas me croire, ce sont des planeurs.

Ils tournoient, ces oiseaux noirs, ils hésitent, se demandent où Brighton a bien pu dériver ; le vent, pourtant, ne semblait pas si fort.

Leur ombre lancinante.

– A vous de jouer, Lowell, et remerciez l'Epoque.

Je ne comprends pas, je voudrais répondre, mais Sébastien déjà n'est plus à mes côtés.

Et mes voisines, je ne les reconnais pas. Le cœur me bat de leur parler ainsi, sans les voir, de leur prendre la main pour les entretenir de choses et d'autres et puis de ma littérature. Que voulez-vous, ma seule obsession est une longue fable morale sur Grenade Tombée et les Pleurs de Boabdil. D'habitude, en plein jour, leur main, elles la retirent bien vite et bâillent, si vous saviez, à vous dégoûter d'écrire.

Mais les avions reviennent.

On se reprend la main, le bras, le visage, dans le noir, pour ne pas trembler. Il faudrait simplement avoir l'audace de commencer très vite et très loin sous la robe de téméraires privautés. Les femmes ne protesteront plus. Vous pensez, le bruit que feraient leurs gifles, résonnant sous la verrière.

L'impunité, l'impunité soudaine, l'impunité de rêve.

Mon souhait depuis toujours, me promenant dans la ville. Les émois, les frissons, non, ce serait trop demander. Que le silence seul réponde à mes caresses de timide dans les métros aux heures de pointe, les ruelles obscures des bas-quartiers, les voitures à l'arrêt, dans la campagne, près des écluses. Don Juan des caves, coins noirs et souterrains, Don Juan sournois, Don Juan furtif. Que les femmes ne disent rien, près de moi, au spectacle, et qu'elles aient pour compagnons des cinéphiles acharnés, oublieux du reste.

Le grand bal est masqué. Il n'y a plus de honte puisque plus de visages.

Quand je m'avance vers elles, elles ne se refusent point. Elles se déshabillent, autrement je déchire, elles le savent, les réputations se font plus vite qu'on ne croit. Parfois elles chantonnent, distraitement, ou bien elles parlent, très vite, d'avant, d'avant la guerre, comme elles aimaient danser. Mais Brighton déjà ne se ressemblait plus, ces dernières années, l'aquarium fermait trop souvent et le temps, même au mois d'août, tournait à l'orage, à l'ondée, il fallait rentrer au beau milieu du pique-nique...

Puis ce serait mentir de dire qu'elles se tordent de bonheur dans mes bras chétifs, qu'elles découvrent avec moi les secrets sauvages et pervers de l'existence. La vérité est plus délicate à révéler. Et moins flatteuse. Au bout de quelque temps, malgré elles, leurs corps s'animent d'une sorte de rythme sourd, de marée lente qui me bouleverse. Comme si ce n'était plus seulement leur dégoût, leur indifférence à mon égard mais celle du monde, du monde entier dont j'éprouvais les répulsions cachées et les accords inavoués.

Après,

après, parfois, elles murmurent :

– Oh darling, you promised.

– You gave me your word.

Je pourrais choisir, interpréter, m'attendrir, demeurer longtemps, le reste de ma vie, près de l'une de ces ombres mais je crains, le jour venu, de ne pas retrouver cette allégeance impersonnelle et rare, cette appartenance d'un moment au grand hasard tellurique.

De temps en temps je m'évade et prends quelque repos dans le jardin d'hiver sur le bord de l'étang. Sébastien vient m'y rejoindre quand ses forces, lui aussi, le trahissent.

– Chapeau, Lowell, à votre âge, je ne sais pas comment vous faites.

Et il s'effondre sur le sable.

Sébastien, c'était un jeune homme que j'aimais bien, il savait dire au bon moment les phrases qui réconfortent.

– Nous sommes...

– ...oui, sordides.

Et nous repartons en trottinant vers d'autres compagnes, vers d'autres viols, puisque viol il y a.

D'ailleurs, j'y songe, il n'est guère possible qu'elles ressentent un quelconque plaisir. Je les quitte bien avant. Ce n'est certes pas l'époque de fonder joyeuse et bruyante progéniture. Et puis, souvenez-vous, les cris sont interdits, tous les cris, avec ces perfides planeurs qui guettent la ville. Alors je n'ai aucun mérite à en outrager autant. Je m'abandonne à l'économie, je ménage ma santé, je me retiens.

Je songe à Damoclès, Damoclès mon frère en l'acte d'aimer, la prudence qui devait être la sienne quand il pénétrait une femme, redoutant, mettez-vous à sa place, les vibrations du divan, les courants d'air, les hurlements, les jambes dans un spasme relevées qui heurteraient le fil qui ne retiendrait plus l'épée qui tomberait sur Damoclès.

Tous les domestiques étaient partis, retranchés dans leurs quartiers. Je me retrouvai seul. L'orchestre pliait bagages. Un trombone me regarda fixement. Je pensais à Sébastien, à mes offres qu'il avait repoussées. Je craignis de rougir. Je m'avançai vers les terrasses, face à la mer. D'immenses filets de camouflage nous protégeaient du ciel, les planeurs ne nous avaient pas vus.

J'appelai un fiacre, il me suivait depuis des heures, je ne l'avais pas entendu.

On accepta de me conduire à Londres, moyennant finances, finances étranges, je préférerais n'en point trop parler.

Dès mon retour, je m'étais précipité au Brighton Extra Mural Cemetery où Lady Warren, selon ses vœux, avait été enterrée. Personne n'avait pu me donner des détails précis sur sa mort. Les gens me répondaient très évasivement,

à l'aube, le lendemain du Bal, au Royal Pavillon, oui, dans sa chambre on l'a découverte, un jeune domestique du palais a donné l'alarme mais tous les docteurs de la ville dansaient encore sur la plage, on n'osait pas crier pour les appeler, d'ailleurs ça n'aurait servi à rien, un arrêt du cœur sans doute ou autre chose, on ne sait pas vraiment, pardonnez-moi si je ne puis continuer, mais vous me comprendrez, le secret de l'Instruction,

et nous glissions vers d'autres sujets de conversation.

Ils me parlaient de Londres.

Londres intact, aucune bombe ne l'avait jusqu'à présent touché. Ils semblaient soulagés, une partie de leur famille y habitait. Ils m'indiquaient à voix basse le chemin : en sortant de la gare, vous tournerez à gauche, dans Trafalgar Street puis, n'oubliez pas, Richmond Terrace, le cimetière est tout au bout, vous ne pouvez pas vous tromper.

Je croisai des dizaines d'enfants qui descendaient

joyeusement vers le grand aquarium de Madeira Road. Des jeunes filles que je ne connaissais pas répondaient à leurs questions.

Le requin a-t-il grandi, depuis l'année dernière ?

Aurons-nous le droit de monter sur le dos des tortues ?

Y a-t-il des sirènes et des licornes et des oupires ?

Qu'est-ce que c'est des oupires ?

Elles s'excusaient en passant, du vacarme, ils veulent toujours tout savoir. Je n'avais pas même le temps de leur répondre, elles étaient déjà loin, devisant d'hippocampes sauvages et de cruelles méduses, les enfants frissonnaient et se taisaient un court instant.

Les grandes personnes avaient d'autres motifs de crainte : il faisait beau, la brume s'était dissipée plus vite que de coutume. De temps en temps les passants regardaient le ciel avec angoisse.

Je marchais lentement parmi les riches demeures qui jadis avaient été blanches, qu'une couche hideuse de peinture verte recouvrait maintenant, pour les besoins de la guerre de camouflage que Londres avait choisi pour nous. Je m'égarais dans les jardins, tout était désert et silencieux, les fontaines éteintes, les balancelles entassées au hasard dans de vieilles remises. Je me demandais aujourd'hui dans quel endroit du monde les fêtes continuaient, indifférentes aux fracas de l'époque. Je reculais le plus possible le moment de m'incliner sur la tombe de Lady Warren, habité d'une douleur qui n'était pas seulement de profonde affection pour elle, un âge mourait, que je n'avais su décrire, je revenais de chez Faber, mon livre, une nouvelle fois, venait d'être refusé.

Dans Gladstone Place, je reconnus Sébastien. Il me tendit la main, il était accompagné de deux policiers dont l'un lui tenait fermement le bras. Nous nous avançâmes vers la porte du cimetière.

– Comme vous pouvez le voir, je suis prisonnier.

– Mais pour quelles raisons, grands dieux ?

– Eh bien, l'on m'accuse du meurtre de Lady Warren, tout simplement. Elle couchait dans la chambre voisine de la mienne, vous vous souvenez ? Elle me faisait des avances, elle était presque vieille et tout à fait fanée, j'ai dû la tuer, c'est très logique.

Les juges se relaient à mes côtés, ils ne me laissent pas une seconde de répit, ils me parlent doucement à l'oreille toute la journée, allons, Sébastien, avouez-nous, nous comprenons, si vous saviez, cette vague de répulsion qui vous a entraîné, au petit matin ; en avouant, vous susciteriez l'indulgence du Jury, quel homme ne se souvient de ces pénibles réveils auprès de chairs gluantes encore et molles, alors que la lumière peu à peu pénètre la chambre des amours maintenant refroidies, n'oubliez pas, en Grande-Bretagne les crimes de Passion sont punis de mort mais les assassins par dégoût sont fraternellement embrassés, une fois l'an, par l'archevêque de Canterbury.

Le président Yeats maltraite encore plus durement mon honneur. Il est venu ce matin dans ma cellule insinuer que l'intérêt, l'intérêt seul était le mobile du crime : enfin, jeune homme, vous n'ignorez pas le pouvoir de vos yeux de braise, vous l'avez séduite, sans attendre elle vous a couché sur son testament, rien de plus facile, pour vous, de le deviner.

Voilà, tout est clair et la corde m'attend.

– Enfin ce n'est pas possible, cette histoire est ridicule, vous n'avez pu vous rendre coupable de telles horreurs, je vous connais, moi, je vais aller témoigner, est-ce qu'ils vous ont seulement regardé, un visage tel que le vôtre, ça ne trompe pas.

– C'est vrai, je n'ai pas vraiment une tête de tueur. J'ai vérifié, à midi, dans la glace. J'en ai été, d'ailleurs, un peu déçu. Mais tout de même, tout de même. Il y a quelque chose qui ne va pas, surtout dans la bouche, au coin des lèvres, le sourire de quelqu'un qui ne vous secourerait pas si vous étiez en danger, au contraire qui vous envierait presque de trépasser ainsi. Entendez-moi bien, Lowell, je n'ai pas ce rayonnement démoniaque qui m'attirerait toutes les femmes, les mil e tre de Don Juan et plus encore. C'est bien plus bas et communément partagé, j'ai l'amitié morbide, l'ami qui vous pousserait légèrement dans le dos, quand le train passe, puisque votre femme vous fait tellement souffrir, autant aider le hasard, un petit coup d'épaule et vous ne pleurerez plus, la nuit, seul dans votre lit, interminablement, les gens se sont toujours méfiés de ma manière d'être serviable, au début cela m'a blessé, aujourd'hui j'ai de l'indulgence pour leurs craintes, surtout, justement, lorsque je tourne mon visage vers un miroir.

– Pardonnez-moi, je ne vous écoutais pas, je cherchais... Que puis-je faire pour vous aider ? Voulez-vous que j'aille auprès du Chief Justice plaider votre cause ? Je le connais fort bien. Un de mes plus vieux amis. Nous étions ensemble à Trinity College, alors vous voyez ; lui me croira, on vous libérera immédiatement.

– Je vous remercie, je suis très touché par votre sollicitude mais permettez-moi de décliner votre offre. Cet écheveau m'intéresse et je le veux dénouer sans secours extérieur, aussi délicat et amical soit-il.

Et puis j'ai l'habitude. Depuis ma naissance, dès que quelqu'un meurt à vingt lieues à la ronde, on me soupçonne, d'ailleurs c'est un peu normal, Irène n'était que l'épouse de mon père, ma vraie mère est morte en m'accordant le jour, pour une carrière d'assassin, débuts prometteurs s'il en fut jamais sous le soleil.

Depuis, l'on se méfie.

Sans doute aussi parce que j'aime assez peu la vie et que cela se voit, je vous le disais il y a un moment, à la commissure des lèvres, une sorte de rictus, je devrais porter une moustache. En attendant qu'elle pousse, la moustache, je dois me défendre contre la rumeur publique qui me prête un bien étrange prosélytisme : comment faire partager à mon prochain ma haine pour les abandons, les beautés douces, soi-disant, de l'Existence ?

Il n'est qu'un moyen, vous l'avez compris, le meurtre.

Je suis donc devenu mon propre avocat, d'une extrême prudence. Je ne peux faire un pas, oser un geste sans m'entourer d'alibis, de témoins à décharge pour le cas où quelqu'un mourrait de leucémie au bord du marais que je possède en Sologne, pour répondre aux accusations qui ne manqueraient pas alors de se développer contre moi, la leucémie, d'ailleurs, c'est psychosomatique, ne faites pas l'innocent, Sébastien, ce costume vous sied mal, pourquoi l'avez-vous torturé, ce malheureux pêcheur qui cheminait sur vos terres ?

Depuis l'école j'entends cette comptine de l'éternel coupable, lointaine et soudain proche, à toucher mon visage,

un hippopotame dans le bénitier ?

devient-il schizophrène le meilleur élève de la classe ?

Ne cherchez pas, ne cherchez plus,

c'est la faute à Sébastien.

Vous voyez, ne craignez rien, ce n'est pas ma première Cause, mon enfance fut bercée par les cliquetis des procès en marche contre moi.

Je vous le répète, j'ai l'habitude. Pour tout vous dire, il m'étonnerait beaucoup de rester dans ma geôle un seul jour de plus.

Mais parlons d'autre chose. Pourriez-vous un instant éloigner mes deux chaperons ?

Les policiers acceptèrent volontiers ma parole et reculèrent d'une centaine de yards.

– Vous savez, Lowell, elle est retrouvée.

– Que voulez-vous dire ? Vous lisez Rimbaud maintenant ?

– Mais Florence, sa cousine, voyons. Et elle m'a dit vous connaître, pourquoi me l'avoir cachée si longtemps ? N'aviez-vous pas deviné qui je cherchais en Angleterre ?

– Comment l'avez-vous rencontrée, je la croyais absente de Brighton ?

– Tout à fait par hasard, la veille de mon arrestation, au cours de ma dernière tournée d'inspection.

Vous souvenez-vous ? Le Conseil m'avait élu responsable des bruits.

– Si je m'en souviens, vous pensez, j'avais voté contre vous. Dans mon esprit, vous aimiez trop la musique pour ne pas vous montrer indulgent. En entendant du Purcell, les planeurs auraient compris qu'ils survolaient Brighton.

– C'était dans un cinéma. Un festival Feuillade, je crois. Je venais voir, ne vous en déplaise, monsieur mon Détracteur, si les normes de silence étaient respectées. Elle était peut-être belle, je la voyais à peine. Elle accompagnait au piano la vie dramatique et tendre de Judex.

A la fin du film, je m'approchai, elle referma le piano. Je lui montrai ma carte d'inspecteur des Fracas. Je lui annonçai qu'elle n'aurait plus le droit de jouer. Elle s'approcha de moi et dans le noir, je n'ai jamais rien compris aux femmes, elle m'embrassa longuement.

– Vous ne pouviez savoir comme ce piano m'embêtait.

Merci beau chevalier
de ce charme denté
blanc et noir
vous m'avez
délivrée.

Ils jouaient à l'hombre, à l'écarté, sur des montagnes de dentelles, pour ne point effleurer la table, ils jouaient de longues heures avant la nuit.

Elle lui demandait :

– Mais pourquoi ma cousine ? Ne suis-je point assez belle ? Vous ai-je trop facilement cédé ? Pour quelles raisons voulez-vous retourner ?

Il se tenait immobile, silencieux, un moment, se levait, allait dans la commode quérir ses couleurs aquarelles et dessinait pieusement, sur l'as de cœur, un drapeau de son pays,

le bleu

          le blanc

                    et puis le rouge

sans rien dire.

Elle en avait les larmes aux yeux.

– Pourquoi ne resteriez-vous pas ici, enseigner le Camouflage ?

Il ne l'écoutait pas.

Elle n'osait le questionner plus avant.

Ils continuaient de jouer à la Manille sur la peau de tigre, en face du feu, comme il se doit pour la Manille.

Parfois ils basculaient.

Je m'approchais doucement de la porte.
– Mais que faites-vous donc ? Nous aimons tant votre présence. Demeurez, cher Lowell, demeurez près de nous.
Et je sortais mon carnet d'esquisses.
– Pour votre livre, regardez bien, me disaient-ils un peu plus tard lorsqu'ils tentaient ensemble une nouvelle aventure. Abandonnez Grenade et les pleurs de Boabdil. Si vous voulez être publié, décrivez la lingerie fine et noire, en haut des cuisses, on la saccage à pleines dents, comme ceci, il n'est pas rare que le sang coule, d'ailleurs voyez...
Et je passais la nuit à leur spectacle, retenant mes larmes, ils auraient ri, mais découvrir ainsi l'amitié, à presque cinquante-huit ans, l'émotion m'était trop forte.

Nous avions tué le temps d'été en longues marches sur les collines, en interminables parties de croquet muet, nous enlevions toujours le battant de la cloche pour plus de prudence et les maillets étaient garnis de chiffons verts.
Kathleen Ferrier venait souvent, dans le fond de la crypte, chanter pour nous quelques heures. Un jour l'alerte l'avait surprise au beau milieu d'Ariane, d'Ariane à Naxos, quand elle gémit sur le rivage, nous l'avions suppliée, malgré les planeurs elle ne s'était pas arrêtée.
Le jeudi, nous partions en convoi pour Hove enterrer dans l'ancienne carrière les objets les plus bruyants, les ventilateurs, les moulins à café, les postes de radio et les automobiles.

Seules les Rolls avaient le droit de circuler, on ne les entendait pas à dix mètres.

Je me souvenais de T.E. Lawrence. Je l'avais rencontré à son retour d'Orient. J'étais jeune journaliste, je posais des questions stupides :

– Que voudriez-vous avoir retiré de la guerre, je veux dire ce que l'argent peut acheter ?

– Une Rolls Royce, avec suffisamment d'essence pour me porter sans rumeurs jusqu'au bout de la vie.

Tandis que Sébastien dormait, chaque après-midi, nous allions, Florence et moi, visiter mes navires postiches échoués dans la plaine, entourés de fausse écume et de nuées de mouettes. Jusqu'à présent, l'ennemi s'y était trompé. Les commandants nous assuraient de la régularité des quarts et des mouvements rituels de pavillons. Nous les félicitions et redescendions vers la ville, un peu soulagés. La mer, pour une fois, ne se bornait pas aux sables des grèves, elle semblait couvrir maintenant une bonne part de l'Angleterre. Comme si la guerre avait brusquement changé l'échelle du temps et qu'en quelques semaines l'on puisse voir ainsi défiler plusieurs âges du monde, la glace puis le dégel et la montée des eaux. Assurément l'on gardait en mémoire la ruse et l'artifice, les décisions très techniques et matérielles qu'il avait fallu prendre, mais bientôt, avec les jours l'oubli venant, nous ne retiendrions que cette contagion mystérieuse et soudaine des éléments. Les prestidigitateurs ne sont pas si rares qui puisent dans leurs tours, odalisque évanouie ou lapin des hauts-de-forme, certaines raisons supplémentaires de croire à la magie.

C'était l'Indian Summer.

Il faisait beau et calme comme les autres années, comme un présent de l'Empire.

On venait d'ouvrir le XXXIVe Concours de Botanique.

Les solitaires, les esseulées, les femmes enfin, qui n'avaient rien d'autre à faire, présentaient fièrement leurs enfants du trimestre, beaux légumes et confitures, navets géants, sirops d'airelles, concombres nains, tomates jaunes et tulipes noires. Le public, toujours avide de sensations fortes, applaudissait en connaisseur, Sébastien s'approchait des étalages et félicitait les artistes, cette pomme énorme, ne craignez rien, elle vous vaudra le premier prix. Elles minaudaient, ne demandaient qu'à le croire, mais enfin, elles l'invitaient pour le thé, notre héros, pour demain quatre heures ou plus tard, en battant des paupières. Ce qu'il y avait de bien avec Florence c'est qu'on pouvait tout dire, tout désirer, tout vouloir immédiatement des femmes qui passaient, pourvu qu'on lui tînt amoureusement la main, elle n'était pas jalouse.

De jeunes garçons, juchés sur des tricycles, vendaient des journaux.

En majuscules, sur six colonnes,
L'Exode s'achève, s'entrebâillent les Maisons,
de la Butte à Javel,
Paris sera toujours Paris.

– Mais alors Virginia doit être rentrée rue du Ranelagh... Excusez-moi, Lowell, et vous aussi, Florence. Merci pour tout. Je pars.

– Et votre séjour à Londres ? J'avais parlé de vous. Ce curieux général, vous savez, l'ancien ministre de Paul Reynaud, il mesure deux mètres ou un peu plus. En tout cas il vous attend. Ils sont plus de mille autour de lui qui préparent la contre-attaque.

– Vous leur expliquerez. Amour, amour, ils ont sûrement lu Dumas, ces braves gens, ils comprendront.

Et puis entre nous, Lowell, les Français à l'étranger, j'ignore si vous en raffolez, mais moi, je dois dire, Londres ou pas...

– Comment gagnerez-vous la France ? Les frontières sont fermées.

– Je trouverai bien un moyen.

– Prenez patience. Encore un an ou deux. Peut-être moins, on murmurait à Whitehall, je ne devrais pas, si vous me promettez de n'en rien révéler, on espère un débarquement pour très bientôt sur les côtes normandes...

– Un débarquement ? Pourquoi pas un parachutage ? Vous voulez rire. Vous m'imaginez en battledress ?

Non, non, à d'autres les balles qui sifflent aux oreilles dans la fraîcheur du petit matin, je suis beaucoup trop lâche, ma décision est prise, mes maîtres loyolistes m'approuveraient, j'en suis sûr, je ne m'affronterai pas bêtement aux périls, je passerai par en dessous, comme d'habitude.

Et il s'avança vers la plage, ma pelle de cuivre à la main.

– Je vous la renverrai, Lowell, sitôt mon voyage achevé.

Je ne l'ai plus de ma vie revu.

Aujourd'hui, comme naguère, c'est l'été et j'écris mes mémoires. Les gens, mes voisins ne savent pas qui je suis. Pour tout dire, ils m'ignorent. Sans vergogne à travers moi, quand le temps est beau, ils regardent la mer. Je voudrais leur prouver que je fus moi aussi de chair et d'os, autre chose qu'un reflet aux rêves de Sébastien.

Mais ce doit être trop tard et Grenade, ma fable, ne

m'est d'aucun secours pour revenir de cet exil et leur dire ma présence, à tous ces hommes qui passent dans le couloir et ne poussent jamais ma porte. Il fallait sans doute commencer bien plus tôt l'entreprise, ne plus songer qu'à cela, et ne point accepter, comme je l'ai fait, la présidence de l'Aquarium.

Aujourd'hui, c'est l'été. Dans les hôtels, il n'est plus un lit de libre. Quel âge ont-ils, ces pensionnaires ? Je ne sais pas, je ne sors plus, je le devine, quinze à vingt ans. Ils viennent à Brighton parler anglais.

Mais pour l'Apprentissage, si j'en crois les rumeurs qui montent vers ma fenêtre, le soir, après la danse, pour le tout premier émoi, les préférences vont aux Suédoises, plus savantes, paraît-il, en ces commerces nocturnes, qu'il ne semble d'abord, à les voir si blondes et jeunes et gaies, sous le soleil du Sussex.

The Royal Aquarium
Chairman
Brighton, july 1967

III

Happy End

... L'Europe sautera de sa place
et jubilera :
« Bien creusé, vieille taupe ! »

Le 18 Brumaire de
Louis Bonaparte.

– Qu'attendons-nous ?
– La fin du défilé.
– Le président ne veut pas vexer l'Armée.
– Entendez le cri des femmes au Rond-Point.
– Ces numéros de téléphone,
comme elles oublient toute pudeur
dès qu'ils marchent en cadence,
les légionnaires.
– Ce ne peut être que la Légion.
– Oui, vous avez raison.
– On pense qu'il s'agira d'Amour.
– Ne soyez pas ridicule, Sénateur,
un président ne s'entretient jamais d'alcôves avec son Peuple.
– Vous ne lisez donc pas les journaux ?
Hier, en gros titres :
« Demain,
les Français sauront mon imposture »
– Vous allez voir qu'il n'a jamais écrit l'appel du Dix-Huit Juin.
– Qu'il n'a jamais résisté.
– Qu'il s'en fut en Allemagne
– Comme tout le monde
– Pour le travail obligatoire

– Il ne vient pas d'Angleterre
– Ainsi qu'il l'affirmait
– tous les jours
– durant sa Campagne,
vous vous souvenez.
– Ou bien il existe un métro direct
Londres-Paris
– Charing Cross
–
Barbès
– Nous n'en aurons rien su
– Il voyagea en première
tranquillement.
– Passer aux aveux
en un tel jour de fête
– Et tout ce monde
qui l'acclame...
– En avait-il besoin
de s'expliquer ainsi ?
– Est-il bien sain d'esprit
après si long périple ?
– Mais que son programme était beau,
vous vous rappelez les affiches,
« Pour de plus vastes alliances
pour d'innombrables sens
faites confiance à celui
qui revient de sous la terre »
– Moi j'ai voté pour lui.
– Moi aussi.
– Enfin cette garden-party est très réussie
– et comme la musique est jolie
qu'il a choisie pour nous.
– Duke Ellington, n'est-ce pas ?
– Oui, Mood Indigo
que précédait Lazy Rhapsody

– On dit qu'il dansait sur ces thèmes,
dans sa jeunesse.

– Il vient d'envoyer six douzaines
de roses, quelque part dans Paris,
je le tiens d'un huissier.

– Six douzaines pour une amie d'enfance,
une femme, Virginia, maintenant mariée.

– Peut-être est-il là,
le scandale.

– Mesdames, messieurs,

– Le voilà qui parle

– il n'a guère l'habitude

– regardez ses mains

– elles tremblent.

– Mesdames, messieurs,
je vous dois un aveu.

Si vous voyez en moi, Sébastien Vauban, un sapeur d'exception, un foreur de légende, je crains de vous décevoir. Avec les guerres de tranchées, les révoltes anarchistes, les mines à l'abandon, les parcours inconnus de trop fantasques rivières, les projets millénaires de chaussées sous la Manche, sous la Somme, vous n'imaginez pas le nombre de souterrains que vous pourriez emprunter si vous hantaient tout ensemble la passion des voyages et la phobie de l'air libre.

Les chercheurs d'or, les écrivains timides, les détectives égarés ou distraits, oublieux de leur piste, les archéologues pointilleux en quête de la vraie Troie, les esprits alchimiques désireux de plus lentes et sourdes et diffuses allégeances, les époux malheureux, descendus un beau soir, il manquait des allumettes, on les attend toujours,

ces chers disparus,
ravis trop tôt à l'affection de leurs familles,
ne sont pas, comme on croit, devenus
croupiers adipeux dans des tripots de Macao,
ils creusent, mesdames et messieurs, en hommage à l'indifférence, d'interminables caves.

Je les ai rencontrés, nous devînmes amis, voilà pourquoi je n'eus pas à travailler, voyez ma pelle, elle est intacte,
honte sur moi, je fus tel le coucou, ou bien le romancier,
j'utilisai pour avancer les galeries des autres.

– Oh, comme il est honnête
– et solennel
– Il ressemble à Léon Blum
– en plus sadique
– en plus pervers
– en plus sournois
– Que savez-vous, jeunes hommes, de Léon Blum, de ses manies à la promenade ? C'était en septembre 36, allée des Acacias, juste après la pluie, deux grands chiens blancs s'approchèrent de son landau...

Dans les jardins de
l'Elysée,
14 juillet 1973.

DU MÊME AUTEUR

La Vie comme à Lausanne
prix Roger-Nimier
Seuil, 1977
et « Points Roman », n° R371

Une comédie française
Seuil, 1980
et « Points », n° P471

L'Exposition coloniale
prix Goncourt
Seuil, 1988
et « Points », n° P30

Grand Amour
Seuil, 1993 et
« Points », n°P11

Deux Étés
Fayard, 1997
et « Le Livre de poche », n° 14484

Longtemps
Fayard, 1998
et « Le Livre de poche », n° 14667

Discours de réception à l'Académie française
et réponse de Bertrand Poirot-Delpech
Fayard, 1999

Portrait d'un homme heureux, Le Nôtre 1613-1700
Fayard, 2000
et « Folio », n° 3656

La grammaire est une chanson douce
Stock, 2001
et « Le Livre de poche », n° 14910

Madame Bâ
Fayard, 2003
et « Le Livre de poche », n° 30303

Les Chevaliers du subjonctif
Stock, 2004

Portrait du Gulf-Stream : éloge des courants
Seuil, 2005
et « Points », n° P1469

Dernières Nouvelles des oiseaux
Stock, 2005
et « Le Livre de poche », n°30773

Voyage aux pays du coton :
petit précis de mondialisation
Fayard, 2006
et « Le Livre de poche », n°30856

La Révolte des accents
(illustrations de Montse Bernal)
Stock, 2007

La Chanson de Charles Quint
Stock, 2008

En collaboration

Villes d'eaux
(avec Jean-Marc Terrasse)
Ramsay, 1981

Rêves de sucre
(photographies de Simone Casetta)
Hachette, 1990

Besoin d'Afrique
(avec Eric Fottorino et Christophe Guillemin)
Fayard, 1992
et « Le Livre de poche », n° 9778

Rochefort et la Corderie royale
(avec Eddie Kuiigowski)
CNMHS, 1995
Chassée-Marée-Armen, 2008

Docks : promenade sur les quais d'Europe
(avec Frédéric de La Mure)
Balland, 1995

Mésaventure du Paradis. Mélodie cubaine
(photographies de Bernard Matussière)
Seuil, 1996
et « Points », n° P1322

Histoire du monde en neuf guitares
(avec Thierry Arnoult)
Fayard, 1996, 2004
et « Le Livre de poche » n° 15573

L'Atelier de Alain Senderens
(avec Alain Senderens)
Hachette Pratique, 1997

Le Geste et la parole des métiers d'art
(direction d'ouvrage)
Le Cherche-midi, 2004

Salut au Grand Sud
(avec Isabelle Autissier)
Stock, 2006
et « Le Livre de poche » n° 30853

Kerdalo, le jardin continu
(avec Isabelle et Timothy Vaughan)
Ulmer, 2007

A 380
(photographies de Peter Bialobrzeski, Laurent Monlaü, Isabel Munoz, Mark Power)
Fayard, 2007

Courrèges
(avec Béatrice Massenet)
X Barral, 2008

Rochefort et la Corderie royale
(photographies Eddie Kuligowski)
Chassée-Marée-Armen, 2008

RÉALISATION : GRAPHIC HAINAUT À CONDÉ-SUR-L'ESCAUT

Achevé d'imprimer en mai 2008
par **BUSSIÈRE**
à Saint-Amand-Montrond (Cher)
N° d'édition : 33419-2. - N° d'impression : 80860.
Dépôt légal : février 1998.
Imprimé en France